Simone Dark
Familienehre

DER BOZEN KRIMI

FAMILIENEHRE

SIMONE DARK

Nach einer Idee von Corrado Falcone

RÆTIA

Gedruckt mit Unterstützung der Südtiroler Landesregierung,
Abteilung Deutsche Kultur

AUTONOME PROVINZ BOZEN SÜDTIROL
PROVINCIA AUTONOMA DI BOLZANO ALTO ADIGE
Deutsche Kultur

Sämtliche Figuren und Handlungen dieses Krimis sind frei erfunden. Alle Ähnlichkeiten mit Lebenden und Verstorbenen sind deshalb rein zufällig und nicht beabsichtigt.

1. Auflage

ISBN: 978-88-7283-857-0
ISBN E-Book: 978-88-7283-858-7
Projektleitung: Felix Obermair

Lektorat: Katharina Preindl, Trudi Matzneller
Umschlaggestaltung: Philipp Putzer, www.farbfabrik.it
Umschlagfotos:
Vorderseite: Manni Kostner
Rückseite: StevanZZ, Shutterstock
Südtirol-Karte: Angelika Solibieda, www.cartomedia-karlsruhe.de
Grafik und Druckvorstufe: Typoplus, Frangart
Printed in Europe

Unseren Gesamtkatalog finden Sie unter www.raetia.com.
Bei Fragen und Anregungen wenden Sie sich bitte an info@raetia.com.

FSC www.fsc.org
MIX
Papier | Fördert gute Waldnutzung
FSC® C021437

Eins

„Du könntest wenigstens so tun, als hättest du Spaß", sagte Laura vorwurfsvoll und nippte an ihrem Aperitif. „Okay, du hast vor Kurzem deinen ehemaligen Lover erschossen, aber ehrlich, der Mann war echt ein Arsch."

Sonja starrte ihre Ziehtochter an und wusste nicht, ob sie sauer sein oder lachen sollte. Solch heftige Worte war sie von ihr nicht gewöhnt.

„Das hast du jetzt nicht wirklich gesagt", entgegnete sie. „Aber du hast ja recht. Das Leben geht weiter. Und ja, wir haben Spaß."

Sonja sah sich in dem Lokal mitten in Bozens Zentrum um und zwang sich zu einem Lächeln. Es war gut besucht, mindestens fünfzig Personen hatten sich hier versammelt, um dem Auftritt einer als Isabella angekündigten Chansonnière beizuwohnen. Sie betrachtete das Publikum: Die meisten trugen schicke Kleidung aus Bozens Boutiquen, waren guter Dinge, lachten und prosteten sich mit ihren Prosecchi und Veneziani zu. Einige standen an der Bar, andere wiederum hatten es sich auf den Sesseln und Sofas gemütlich gemacht, die in der Hotelbar standen. Es herrschte gediegene Wohnzimmeratmosphäre.

Laura hatte sie in den letzten Tagen richtiggehend bedrängt, wieder einmal mit ihr auszugehen. Auf Kino hatte Sonja keine Lust, zu einem Abend mit sanfter Musik in diesem wunderschönen Ambiente hatte sie sich dann doch breitschlagen lassen. Es tat ihr leid, dass sie es dennoch nicht schaffte, in Stimmung zu kommen.

„Der Spaß hat übrigens schon angefangen", bemerkte Laura und flüsterte Sonja dann zu, sich unauffällig umzudrehen. Sonjas Blick traf den eines jungen Mannes, der anscheinend schon eine Weile ihre Aufmerksamkeit gesucht hatte. Nun, da Sonja ihn angesehen hatte, kam er direkt auf sie zu und streckte ihr seine Hand hin.

„David Lorenz. Ich mache hier Urlaub", stellte er sich vor.

Sonja war irritiert, begrüßte ihn dann aber doch förmlich. War sie tatsächlich schon so eingerostet? Sie war es einfach nicht mehr gewöhnt, von fremden Männern in einer Bar angesprochen zu werden. Lauras Versuch, das Eis durch einen lockeren Spruch zu brechen, scheiterte kläglich. „Darf ich Sie beide auf ein Glas Wein einladen?", fragte er und versuchte, den Blickkontakt zu Sonja aufzunehmen.

Sie konnte nicht anders. Mit einem frostigen Lächeln antwortete sie: „Nein, danke. Ein andermal vielleicht."

„Schade", sagte David. „Dann werde ich es eben beim nächsten Mal wieder versuchen. Vielleicht habe ich dann ja mehr Glück."

Laura sah ihn an und zuckte mit den Schultern. Er lächelte traurig.

„Ganz schön penetrant“, flüsterte Sonja Laura ins Ohr, als sich der junge Mann geknickt von ihnen abwandte.

„Er war doch eigentlich ganz nett“, erwiderte Laura. „Aber du kriegst sicher noch eine Chance bei ihm.“

Die Scheinwerfer leuchteten auf und Sonja wandte sich fast schon erleichtert von ihrem Bewunderer ab. Die Abfuhr, die sie ihm soeben erteilt hatte, tat ihr ein wenig leid, aber sie konnte in diesem Moment einfach keinen neuen Mann in ihrem Leben gebrauchen, auch wenn es nur ein kleiner Flirt sein sollte. Da war es besser, von vornherein klare Verhältnisse zu schaffen.

*

Eine große Gestalt mit stark geschminktem Gesicht und in schwarz glitzernden Frauenkleidern betrat die kleine Bühne. Sie trug einen ebenso glitzernden Zylinder. Die Gäste, die sich in der Bar des Hotels *Luna* versammelt hatten, applaudierten ihr und den Musikern, während sie bereits mit verführerischer Stimme das erste Lied anstimmte: *Die blaue Katze*. So musste es in den Zwanzigerjahren des letzten Jahrhunderts zugegangen sein, dachte Sonja, also vor etwa genau einhundert Jahren.

„Auf einer Bank an der Pont St. Louis
zwischen Seineufer und Notre Dame

schläft die blaue Katze ihren Liebesrausch aus und träumt wohl, wie alles begann.“[1]

*

Während sie sich von der rauen, männlich tiefen Stimme einlullen ließ, wanderte ihr Blick durch die Menge. Der unbekannte Charmeur, der sie und Laura zu einem Drink hatte einladen wollen, lächelte sie erneut an und hob sein Glas, um ihr zuzuprosten. Sie ignorierte ihn, früher oder später würde er es schon verstehen. Als sie sich wieder der Sängerin zuwandte, fiel Sonja auf, dass auch sie ihren Blick fest auf eine Person im Publikum geheftet hatte. Der Mann, dem ihre Aufmerksamkeit galt, passte nicht in das stylische Bozner Publikum. Er trug eine einfache Jeans und einen Kapuzenpulli, während sich die anderen Gäste in Schale geworfen hatten und ihre Designerkleidung zur Schau trugen. Seine Haare klebten ein wenig leblos am Kopf, er sah eher aus wie ein junger Arbeiter, der den ganzen Tag geschuftet hatte und aus Versehen in die Bar des Hotels *Luna* gestolpert war. Auf dem Tresen neben ihm stand ein halb geleertes Bierglas, während die anderen Gäste an ihren Sektflöten nippten oder bunte Cocktails schlürften. Sein Gesicht zeigte keine Zufriedenheit oder Freude, sondern vielmehr

---

1 Aus dem Liedtext von: Florian Paul & Die Kapelle der letzten Hoffnung, *Die blaue Katze*, 2019.

eine Mischung aus Vorwurf, Verzweiflung und Resignation.

Das Publikum spendete der Darbietung tosenden Applaus und begeisterte Pfiffe. Isabella hatte ihre Zuhörer verzaubert. Noch einmal sah Sonja sich unter den Gästen um und erblickte erneut Davids Lächeln. Seine Aufdringlichkeit war ihr etwas lästig. Aber bitte, dachte sie, Lächeln ist ja nicht verboten. Sie stand auf, legte einen Zwanzigeuroschein auf den Tisch und trank aus. Dann nahm sie ihre braune Lederjacke vom Stuhl.

„Wo willst du denn hin?", fragte Laura überrascht.

„Nach Hause", antwortete Sonja knapp.

„Wir sind gerade mal eine Viertelstunde hier!", entgegnete Laura enttäuscht.

„Du kannst ja noch bleiben. Es tut mir leid, aber ich bin einfach nicht in Stimmung."

„Ich gebe auf", seufzte Laura und nahm ihre Tasche. „Aber lass uns wenigstens noch einen Spaziergang durch die Lauben machen. Ich möchte mal wieder was anderes sehen als Weinreben."

Kaum näherten sich die beiden Frauen der Ausgangstür, trat auch schon David zu ihnen und fragte Sonja direkt, ob sie sich wiedersehen würden. Sie lächelte nur müde und machte ihm mit einer Geste klar, dass sie es nicht wusste, aber auch keinerlei Interesse an einem Wiedersehen hatte.

„Ist der aber hartnäckig", murmelte Sonja und schob Laura sanft zur Ausgangstür.

„Immerhin hat er einen guten Geschmack", konterte Laura leise und zwinkerte ihr zu. Sonja bedankte sich für ihr Kompliment mit einem Kuss auf die Wange.

*

Langsam gingen sie durch die noch belebte Bozner Innenstadt zurück zum Parkplatz. Sonja mochte Bozen am Abend. Zwar war es bereits Herbst und früher dunkel, aber die Luft war noch lau und die Stimmung beinahe sommerlich. Die Menschen saßen in den Straßencafés und Bars, tranken Aperitifs und aßen Pizza, die Kellner verteilten kleine Lämpchen und Kerzen auf den Tischen. In Frankfurt, wo Sonja früher gelebt hatte, war es um diese Jahreszeit schon zu kühl, um draußen zu verweilen. Sie legte kurz den Kopf in den Nacken und sog die Luft ein. Laura suchte nach ihrem Smartphone und beantwortete eine Nachricht.

„Hast du einen neuen Freund?", fragte Sonja, als sie den Anflug von Freude in Lauras Gesicht bemerkte.

„Was? Nein, keine Zeit für Kerle. Das Bio-Weingut am Ritten hat mir geantwortet. Die anderen haben ja alle abgesagt. Ich würde die gerne mal besuchen, um mir vielleicht ein bisschen was bei ihnen abzuschauen."

„Und, darfst du?"

„Noch haben sie nicht Nein gesagt. Wir müssen nur einen Termin vereinbaren."

„Super. Und weißt du was? Ich komme mit", schlug Sonja vor. „Vielleicht hat Katharina ja auch Zeit."

„Am liebsten würde ich schon am Wochenende einen Ausflug auf den Ritten machen", sagte Laura. „Wie wäre es mit einer Wanderung zum Rittner Horn? Oder zu den Erdpyramiden?"

„Gerne, das machen wir. Und ich glaube, dass der Ritten noch sehr viel mehr zu bieten hat. Du kannst ja inzwischen mal mit den Ermittlungen beginnen und mich und Katharina dann entführen."

„Bei dir darf wohl kein Tag ohne Verbrechen vergehen", stöhnte Laura und rollte mit den Augen. „Jetzt muss ich spaßeshalber schon meine eigene Mutter und meine Oma entführen, damit du mitkommst."

Inzwischen waren Laura und Sonja beim Parkplatz angekommen.

„Bleib mal stehen", flüsterte Sonja plötzlich. „Ist das nicht die Sängerin von vorhin? Und was will der Typ von ihr? Streiten sich die beiden etwa?"

Sie lauschten.

„Ich will doch nur mit dir reden", sagte der Mann. Sonja erkannte ihn. Es war der Kerl, der einfach nicht ins Publikum gepasst hatte.

„Ich aber nicht mit dir", entgegnete die Sängerin.

„Dann hör mir wenigstens zu!"

„Ich habe dir gesagt, dass du nicht mehr hierherkommen sollst", wehrte sie sich.

In diesem Moment packte er sie beim Handgelenk. Ihr Versuch, sich zu befreien, misslang und Sonja beschloss, einzugreifen.

„Gibt's hier ein Problem?“, fragte sie und ging entschlossen auf die beiden zu. Sie deutete Laura, hinter ihr zu bleiben.

„Halten Sie sich da raus! Das geht Sie nichts an“, entgegnete der junge Mann. Sein Blick war zornig. Dann ließ er von Isabella ab und ging einen Schritt zurück.

„Sie gehen jetzt besser“, wies Sonja ihn entschlossen an. Isabella sah sie verunsichert, aber dankbar an. Sie rieb sich das Handgelenk.

„Sind Sie verletzt?“, fragte Sonja.

„Nein“, sagte Isabella leise. Sie hatte Tränen in den Augen. Dann versuchte sie, ironisch die Augen zu verdrehen, und murmelte mit gespielter Abfälligkeit: „Männer.“ Doch die Traurigkeit in ihrem Gesicht sprach eine andere Sprache.

Der junge Mann ging zurück, schenkte den Frauen noch einen letzten wütenden Blick und wandte sich dann ab. Dann stieg er in seinen Geländewagen und fuhr mit quietschenden Reifen davon. Isabella drückte kurz Sonjas Hand und bedankte sich bei ihr. Mit hängenden Schultern ging sie zurück in Richtung des Hotels *Luna*, wo sie eben noch gesungen hatte.

Laura, die ein wenig abseits geblieben war, ging auf Sonja zu.

„Was wollte der Typ von ihr?“

„Ich habe keine Ahnung. Das geht uns auch nichts an, aber handgreiflich darf er nicht werden“, antwortete Sonja.

„Ich weiß nicht, ob ich mich das getraut hätte“, sagte Laura.

„Das musst du auch nicht. Bring dich nie selbst in Gefahr. Wenn du mal so etwas siehst, bleib auf Distanz und ruf die Polizei.“

„Oder dich“, erwiderte Laura lächelnd und hakte sich bei Sonja unter.

Zwei

Gregor Straußberger stand am Rande des Spielfelds und stützte sich mit beiden Händen an der Brüstung ab. Er war durch und durch stolz auf seine Mannschaft, wusste aber, es sie nicht spüren zu lassen. Wenn der Trainer erst einmal lobte, war es mit der Motivation der Mannschaft vorbei. Als Coach war es seine Aufgabe, das Unmögliche zu fordern und das Bestmögliche aus seinen Spielern herauszuholen.

Marcel Wallner schob den Puck in Richtung Tor. Lucas Ulmer, den er in diesem Spiel als Gegner hatte, kam ihm in die Quere, sie stießen hart zusammen. Wallner wehrte ihn mit einem Bodycheck ab, Ulmer strauchelte und landete seitlich auf der Eisfläche und Wallner schoss den Puck ins Tor. Straußberger fuhr sich kurz über seine Glatze, nahm die Trillerpfeife auf und beendete das Spiel.

Marcel Wallner nahm sein Visier ab und jubelte mit vor Anstrengung errötetem Gesicht. Seine Nase blutete, doch das schien er nicht einmal zu bemerken.

„Sehr gut, Marcel“, lobte Gregor Straußberger ihn nun doch.

Auch Lucas Ulmer befreite sich von seinem Kopfschutz und lief wütend auf Wallner zu.

„Sag mal, hast du sie nicht mehr alle, du blödes Arschloch?“, fuhr er ihn an.

„Komm mal runter, so schlimm war's nicht“, beschwichtigte Wallner ihn mit hämischem Lachen.

Ulmer wusste sich nicht mit Worten zu wehren, deshalb griff er Wallner an und stieß ihn zu Boden. Straußberger, der eine ernsthafte Schlägerei zwischen seinen Jungs vermeiden wollte, ging dazwischen.

„Schluss jetzt, aufhören, alle beide! Das ist nur Training, klar? Hebt euch eure Energie für den Pokal auf“, rief er.

Marcel Wallner stand auf und schniefte, dann spuckte er kurz aus. Während er sich das Blut mit dem Ärmel wegwischte, warf er Lucas Ulmer einen lachenden Blick zu und nannte ihn eine Pussy. Ulmer wandte sich ab und verließ wortlos den Eisplatz.

Drei

Irina und ihre junge Kollegin Valentina betraten das Bozner Eishockeystadion gegen sechs Uhr morgens. Sie sprachen über dieses und jenes, während sie die schweren Putzwagen durch die schmalen Gänge des Eisstadions schoben. Valentina war müde, ihre zwei Kinder hatten in der letzten Nacht ständig geweint. Irina sah sie mitfühlend an und war froh, dass ihre eigenen Kinder schon groß waren und sie nicht mehr um den Nachtschlaf brachten. Dafür hatte sie nun andere Probleme, mit denen sie sich herumschlagen musste.

Sie drückte Valentina aufmunternd die Schulter, ging zu den Kabinen vor und hielt ihrer Kollegin die breite, schwere Sicherheitstür auf. Valentina schob den Wagen durch und stieß einen Schrei aus. Sie blieb wie versteinert stehen. Erschrocken hielt sie sich die Hand vor den Mund. Als auch Irina die Szene sah, überkam sie ein Schüttelfrost und sie brach in heftiges Weinen aus.

In einer riesigen Blutlache lag ein junger Mann. Seine Augen waren offen, sein gebrochener Blick war Richtung Decke gewandt. Auf seinem grünen Sweatshirt hatte sich ein dunkler, bräunlicher Fleck gebildet.

Sein Gesicht war unnatürlich weiß, die hellen Neonröhren der Umkleide ließen seine Haut fast schon bläulich wirken. Er war tot.

Valentina löste sich langsam aus ihrer Erstarrung, nahm ihr Telefon aus der Tasche und rief die Polizei. Dann legte sie vorsichtig den Arm um ihre Kollegin und brachte sie aus der Umkleide.

„Komm, Irina", sagte sie und tätschelte deren Hand. „Die Polizei ist schon unterwegs."

„Das ist einer von den Spielern", schluchzte Irina. „Wer tut so etwas? Der Arme!"

„Was für ein furchtbarer Anblick, mir ist ganz schlecht", bemerkte nun auch Valentina.

„Komm, wir gehen an die frische Luft", schlug Irina vor. „Mir geht es auch nicht gut. Draußen wird es sicher gleich besser."

*

Sonja hatte gut geschlafen. Endlich einmal eine Nacht, in der sie sich nicht von Gedanken gequält im Bett hin und her geworfen und Mikes Gesicht vor sich gesehen hatte, nachdem sie ihm mit ihrer Waffe aus Notwehr in die Brust geschossen hatte. Laura hatte recht, sie musste seinen Tod ebenso akzeptieren wie das üble Spiel, das er mit ihr getrieben hatte. Es war vorbei und höchste Zeit, nach vorne zu schauen.

Sie stand auf, gähnte und streckte sich kurz, machte sich im Badezimmer frisch und betrat dann das

Esszimmer des Weinguts. Die Sonne schien herein und zauberte ein friedvolles Ambiente. Katharina stand am Fenster und telefonierte so leise, dass Sonja ihre Worte nicht verstand.

Katharina hatte sie gehört, drehte sich zu ihr um, schenkte ihr ein mütterliches Lächeln und beendete dann das Telefonat abrupt. Fast schien es Sonja, als habe ihre Schwiegermutter sich auf frischer Tat ertappt gefühlt.

„Möchtest du frühstücken? Ich habe dir extra dein Lieblingsbrot gebacken", bot sie ihr an.

„Nein, danke", lehnte Sonja ab. „Ich bin etwas spät dran. Aber ein Kaffee wäre gut."

Katharina schenkte ihr ein und reichte ihr die Kaffeetasse.

„Und, wie war's gestern? Schön, dass ihr mal wieder ausgegangen seid."

„Es war ein netter Abend", sagte Sonja. Katharinas Handy vibrierte und Sonja deutete ihr, den Anruf entgegenzunehmen.

Katharina winkte ab. „Ist nicht wichtig. Kannst du dir das Wochenende freihalten? Laura möchte einen Ausflug machen."

Sonja lächelte. „Auf den Ritten? Die Gegend scheint es ihr ja richtig angetan zu haben."

„Ja, sie hat gemeint, dass sie den richtigen Ausflugsort für uns drei gefunden hat."

„So?", entgegnete Sonja erstaunt. „Und der wäre?"

„Eigentlich wollte sie zum Hexenbödele. Aber ich möchte ihr zuerst das Kobenkirchl und die Erdpyramiden zeigen …“

„Zu den Hexen und in die Kirche?“, fragte Sonja belustigt. „Das klingt aber sehr mystisch!“

„Das sind kleine, bekannte Ortschaften am Ritten. Du bist echt zu wenig unterwegs. Du weißt gar nicht, was du hier alles verpasst! Und übrigens wirst du uns begleiten, keine Widerrede. Damit du endlich mal deine neue Heimat kennenlernst.“

Sonja salutierte grinsend und schlug die Hacken aneinander. Katharina lächelte. Dann klingelte auch Sonjas Handy. Ihr Kollege Jonas Kerschbaumer war dran. Sie nahm ab, hörte zu und erwiderte knapp, dass sie sich sofort auf den Weg machen würde.

„Tut mir leid, Katharina. So wie es aussieht, wird es wohl in nächster Zeit nichts mit unserem Familienausflug. Es gab einen Mord.“

„Aufgeschoben ist nicht aufgehoben“, ermahnte Katharina sie und reichte ihr einen Apfel. Sonja nahm ihn entgegen, warf ihn kurz in die Luft und steckte ihn in ihre Jackentasche.

„Danke. Wir holen das nach, versprochen.“

Dann setzte Sonja sich ins Auto, nahm die schnellste Strecke in die Bozner Industriezone und freute sich darüber, dass sie ausnahmsweise einmal nicht im Stau zu stehen kam.

Sonja fand gleich einen Parkplatz vor dem Eishockeystadion, das hier alle *Eiswelle* oder *Palaonda* nannten. Vor der Eingangstür saßen die beiden Frauen, die den Toten gefunden hatten, und rauchten mit zitternden Händen eine Zigarette. Sonja begrüßte sie kurz und bat die beiden, noch einen Moment dazubleiben. Sie musste auch mit ihnen sprechen.

„Ich bin dann gleich bei Ihnen", versprach Sonja.

Die beiden Frauen nickten schwach.

Jonas Kerschbaumer, ihr junger Kollege hatte sie nur in wenigen Worten am Telefon darüber informiert, dass zwei Putzfrauen am frühen Morgen die Leiche eines Eishockeyspielers in der Umkleide gefunden hatten.

„Guten Morgen, Jonas", begrüßte sie ihn, als er ihr auf halbem Wege entgegenkam.

„Hallo, Capo", sagte er.

„Wo ist er?", fragte Sonja und spürte schon wieder, dass ihre Kräfte nachließen. Sie fragte sich kurz, ob dies die ersten Anzeichen eines Burnouts waren. Um sich nichts anmerken zu lassen, schob sie schnell hinterher: „Und ist die KTU schon abgeschlossen?"

„Ich bring dich hin. Die kriminaltechnische Untersuchung ist fast erledigt, der Arzt war auch schon da."

Immerhin schien Jonas nach dem letzten Fall ein wenig Energie getankt zu haben, dachte Sonja und folgte ihm durch die unteren Gänge des Stadions zu den Umkleiden.

„Der Tote ist Marcel Wallner, der Star-Center vom Club“, erklärte Peter Kerschbaumer, nachdem er Sonja begrüßt und seinem Sohn Jonas zugenickt hatte.

„Star-*was*?“, fragte Sonja. In Sachen Eishockey hatte sie keine Kenntnisse vorzuweisen. Aber vielleicht würde sich dies ja bald ändern.

„Der Mittelstürmer“, erklärte Jonas.

„Du interessierst dich für Eishockey?“, fragte Sonja.

„Ich bin aus Bozen, das ist die Hochburg des Eishockeys“, erklärte Jonas. „Hier wird man praktisch als Fan geboren.“

„Todeszeitpunkt zwischen zweiundzwanzig und vierundzwanzig Uhr, sagt der Arzt, mehr nach der Obduktion. Todesursache: Stich in die Brust, glatte Klinge, von der Tatwaffe fehlt bislang jede Spur“, unterbrach Peter Kerschbaumer seinen etwas angeberischen Sohn.

Sonja sah sich um. Auf der hölzernen Bank, die sich durch die gesamte Umkleide zog, stand Wallners Sporttasche. Sie war offen.

Sonja zog sich ein paar Wegwerfhandschuhe über und durchsuchte sie vorsichtig. Inzwischen erklärte ihr Jonas, dass der Mord wohl nach dem Training am gestrigen Abend passiert sein musste. Zeugen gab es nicht, Wallner hatte die Umkleide offensichtlich als Letzter verlassen wollen.

„Was wollte er denn noch hier?“, dachte Sonja laut, ohne sich eine Antwort zu erwarten.

„Keine Ahnung. Das Putzteam hat ihn heute Morgen hier gefunden. Sie haben glücklicherweise alles so gelassen, wie es war, und keine Spuren verwischt."

„Sind denn brauchbare Fingerabdrücke dabei?", fragte Sonja weiter.

„Jede Menge, aber das ist eine Sportumkleide. Es wird ewig dauern, bis die ausgewertet sind", sagte Jonas mit einem Anflug von Resignation in der Stimme.

„Ein großer Verlust", brummte Peter Kerschbaumer traurig. „Ohne Wallner wird's nichts mit der Meisterschaft."

Sonja nahm die Brieftasche, die sie in der Sporttasche gefunden hatte, und klappte sie auf. Sie fand ein paar Fünfzigeuroscheine, eine Kreditkarte und die Treuekarte eines Sportgeschäftes. Um Raub war es also nicht gegangen.

„Wurde ein Handy gefunden?", fragte sie nachdenklich.

Peter und Jonas Kerschbaumer verneinten gleichzeitig. Unvermittelt musste Sonja lächeln.

„Was ist mit seinem Spind?", fragte sie weiter, entdeckte die offene Tür und untersuchte ihn ebenfalls. Darin hingen zwei Jacken, ein Paar Schuhe stand auf dem Boden. „Autoschlüssel, Haustür, Kleingeld, Streichhölzer … Hier, die Quittung stammt vom *Hotel Hofer*, ein Kaffee, ein Bier. Und wer sind die beiden?", fragte sie und zeigte auf die Urlaubsbilder, die an der Innenseite der Spindtür hingen.

„Seine Frau, Nathalie. Sein Sohn heißt Philipp", wusste Jonas.

„Und das Tapeband hier?"

„Damit wird der Schläger umwickelt", erklärte Peter.

Sonja fragte sich, ob die beiden in ihrer Freizeit heimlich Eishockey spielten.

„Ihr seid ja richtige Experten in dem Sport", stellte sie fest und verließ dann die Umkleide, um mit dem Trainer zu sprechen.

Vier

Sonja ging flott in Richtung Tribüne. Gregor Straußberger, der Trainer, war ein kräftiger, hochgewachsener Mann Anfang fünfzig, doch in diesem Moment schien er alle Stärke verloren zu haben. Sichtlich erschüttert saß er mitten auf den leeren Zuschauerrängen und starrte ungläubig ins Leere. Als Sonja sich ihm näherte, zuckte er zusammen, so sehr war er in Gedanken gewesen.

„Herr Straußberger? Sonja Schwarz, Polizia di Stato Bozen. Darf ich Ihnen ein paar Fragen stellen?", begann sie sanft die Unterhaltung.

Straußberger nickte und Sonja setzte sich neben ihn.

„War es üblich, dass Marcel Wallner als Letzter ging?"

„Marcel war immer der Erste, der zum Training kam, und der Letzte, der ging. Er hat für den Sport gelebt", erklärte der Trainer leise.

Sonja nickte. „Wer könnte Ihrer Meinung nach wohl einen Grund gehabt haben, ihn zu ermorden?"

„Der Marcel war das größte Talent, das ich je trainiert habe. Aber er war ruppig auf dem Eis, ein richtig harter Hund."

„Nur auf dem Eis?", hakte Sonja nach. Der Trainer fuhr sich mit der Hand übers Gesicht, als wollte er den Schock, den er gerade erlebt hatte, wegwischen.

„Er hatte seinen eigenen Kopf. Und mit dem ist er gern mal durch die Wand. Ihm war egal, wo er aneckte."

„Ist er in letzter Zeit irgendwo ‚angeeckt'? Gab's Ärger mit Teamkollegen?"

Straußberger brauchte einen Moment zu lange für seine Antwort. Dieses kurze Zögern war ein wichtiges Zeichen, das wusste Sonja. Der Trainer hatte nun Angst, etwas Unüberlegtes zu sagen.

„Mit Marcel gab's immer Ärger", sagte er leise.

Eine sehr diplomatische Antwort, dachte Sonja und bat um den Namen der Person, mit der Marcel Wallner sich angelegt hatte.

Wieder schwieg der Trainer einige Sekunden, dann fuhr er fort:

„Marcel und Lucas, die sind immer wieder aneinandergeraten. Lucas ist der Kapitän. Die beiden sind richtige Alphatiere, da gibt es natürlich Rangeleien."

Straußberger selbst behauptete, am gestrigen Abend gleich nach dem Training gegangen zu sein. In diesem Moment sei Marcel noch mit den anderen Spielern in der Umkleide gewesen.

„War Lucas Ulmer auch noch da?", erkundigte sich Sonja und beschloss, den Trainer nun wieder ein wenig in Sicherheit zu wiegen.

„Ich glaube ja. Hören Sie … für meine Jungs lege ich meine Hand ins Feuer. Keiner von denen hätte Marcel was angetan."

„Und trotzdem ist er jetzt tot", beendete Sonja stirnrunzelnd diese erste Unterhaltung. Straußbergers Blick begegnete ihrem, konnte ihm aber nicht standhalten.

*

Sonja und Jonas verließen gemeinsam das Eishockeystadion. Auf dem Parkplatz blieben sie stehen. Sonja sah ihren jungen Kollegen mit nachdenklicher Miene an. Erwartungsvoll hob Jonas die Augenbrauen.

„Wenn Marcel Wallner der Letzte in der Kabine war, müssten wir ja sehen, wer vor ihm rausging. Gibt's hier Überwachungskameras?"

Jonas nickte und erklärte ihr, dass über dem Eingangsbereich tatsächlich Kameras angebracht waren. Allerdings funktionierten diese seit einer Woche nicht mehr.

„Na toll", meinte Sonja. „Weiß denn die Ehefrau schon Bescheid?"

Auch hier hatte Jonas keine positiven Nachrichten.

„Bis jetzt noch nicht. Und ich kann leider nicht mitkommen. Ich muss zum Schießtraining … ich habe schon die letzten zwei Termine verpasst."

Sonja legte ihren Kopf schief und rügte Jonas wortlos. Dann lächelte sie milde, schließlich wusste sie, wie wenig Lust Jonas auf die Übungen hatte. Gerade deshalb mochte sie ihren Kollegen auch so sehr: Er war geduldig und klug, besonnen, kombinierte schlau und ließ seine Waffe meistens da, wo sie hingehörte, nämlich in ihrem Halfter. Nur wenn es wirklich notwendig war, zog er sie, um sich selbst oder andere zu verteidigen. So, wie es auch im letzten Fall geschehen war. Und schon wieder musste sie die Erinnerungen an den sterbenden Mike verscheuchen.

*

Als sich Sonja und Jonas gerade voneinander verabschieden wollten, kam ein Sportwagen angerauscht und parkte geschickt ein. Der Fahrer stieg lässig aus, nahm seine Tasche vom Rücksitz und schloss den Wagen ab. Dieser gab ein leises Verriegelungsgeräusch von sich.

„Das ist Lucas Ulmer“, sagte Jonas diskret, „der Mannschaftskapitän.“

Sonja ging entschlossen auf ihn zu und stellte sich vor.

„Schwarz, Polizia di Stato Bozen. Herr Ulmer?“

„Ja, das bin ich. Ich habe gerade gehört, was mit dem Marcel passiert ist. Wissen Sie schon was?“

Sonja beschloss, ihn direkt zu konfrontieren und mit ihrem Wissen über die gestrigen Ereignisse zu überrumpeln.

„Sie hatten gestern beim Training eine Auseinandersetzung mit dem Verstorbenen.“

Tatsächlich weiteten sich Ulmers Augen. Damit hatte der Eishockeyspieler nicht gerechnet und Sonja ließ ihm keine Zeit, sich eine Antwort zurechtzulegen.

„Worum ging es denn da?", fragte die Kommissarin schnell.

„Das war nichts Besonderes. Marcel ist, also war, ein Egoist. Hat für sich alleine gespielt. Mein Job ist es, das Team zusammenzuhalten."

„Das heißt, es war nichts Persönliches", versuchte Sonja zu verstehen.

„Ich mochte ihn auch persönlich nicht besonders, aber auf dem Eis spielt das keine Rolle. Eishockey ist ein harter Sport. Da geht's zur Sache", antwortete Ulmer mit bitterer Miene.

„Um wie viel Uhr haben Sie die *Eiswelle* gestern verlassen?"

„Wie immer um zehn", sagte Ulmer.

„Waren Sie alleine?"

„Nein", antwortete er, „ich bin zusammen mit dem Herold und dem Krassnitzer rausgegangen."

„Und die beiden würden das auch bestätigen?"

Ulmer nickte. „Na klar. Hören Sie ... es stimmt, ich bin ein paarmal mit dem Marcel aneinandergeraten. Aber deswegen bringt man keinen um. Außerdem ist Marcel für den Club unersetzlich. Und die *Old Guards* bedeuten mir alles."

„Wer sind denn die *Old Guards*?", fragte Sonja.

Ulmer zeigte auf ein riesiges Werbeplakat, das an der Wand der *Eiswelle* hing.

„Sie sind nicht von hier, oder?", fragte er mit einem Schmunzeln. Dann ging er, ohne sich noch einmal umzudrehen, zum Hintereingang und verschwand im Eisstadion.

Fünf

„Hier lässt sich's aushalten. Das wäre auch was für mich“, sagte Peter Kerschbaumer und bewunderte das Anwesen der Wallners, das sich oberhalb der kleinen Stadt Leifers im Süden von Bozen befand. „Aber wenn ich es mir recht überlege – ich glaube, ich würde mir doch eher was unten im Tal suchen.“

„Na, kommen Sie, wegen der paar Kurven?“, lachte Sonja.

„Zwölf Kehren und nur die Hälfte der Strecke asphaltiert – das nenne ich ziemlich abenteuerlich. Das ist nichts für mich, vor allem, wenn dann im Winter der Schnee kommt! Jedes Mal die Ketten aufzuziehen, darauf hätte ich wirklich keine Lust.“

Sonja sah sich um. Auch ihr imponierte das Anwesen: Es stand mitten in den Weinbergen und bot einen atemberaubenden Ausblick auf die Landeshauptstadt, die umliegenden Berge und das Etschtal. Die Sonne schien hier sicher das ganze Jahr über. Das Wohnhaus war wohl gerade erst renoviert worden, es strahlte in weißer Farbe, die dunkelroten Fensterläden sorgten für eine heimelige Atmosphäre. Über der Eingangstreppe befand sich ein runder Balkon. Eine Frau in Arbeitskleidung hängte ein paar Wäschestücke auf und nickte ihnen freundlich zu. Dann verschwand sie wieder im Haus. Sicher war dies nicht Frau Wallner selbst gewesen.

Sonja machte einen Schritt zur Seite und wäre dabei beinahe über ein herumliegendes rotes Kinderfahrrad gestolpert. Schlagartig landete sie wieder auf dem Boden der Tatsachen. Das Kind, dem dieses Fahrrad gehörte, hatte soeben seinen Vater verloren. Und seine Mutter ihren Mann. Sonja war sich der Aufgabe bewusst, die sie erwartete. Sie holte kurz Luft, sammelte sich und klingelte an der Tür. Eine junge, hübsche Frau öffnete. Sie trug teure, helle Kleidung und hochhackige Schuhe, ihr blondes Haar hatte sie zu einem strengen Knoten hochgesteckt. Schon zum zweiten Mal fragte sich Sonja, was so ein Eishockeystar wohl verdiente.

„Frau Wallner?“, fragte Sonja.

Nathalie Wallner nickte und fragte sofort, ob sie wegen Marcel da seien.

„Er ist nicht nach Hause gekommen“, erklärte sie leise und ließ Sonja eintreten. Peter Kerschbaumer folgte den beiden Frauen ins Haus und blieb in der Küche stehen, während sie in den Wohnraum gingen.

Sonja bat Nathalie Wallner, sich zu setzen. Sie sprach langsam mit ihr, wählte jedes Wort sorgfältig, um ihr die schlimme Nachricht vom Tod ihres Mannes so schonend wie möglich beizubringen. Dann wartete sie geduldig ab. Nathalie Wallner saß wie versteinert da, sie blinzelte nicht einmal. Sonja wusste, wie Nathalie Wallner sich nach dieser Nachricht fühlte. Die junge Frau stand unter Schock, sie spürte in diesem Augenblick gar nichts. Sie verstand es nicht, die Information war noch nicht durchgedrungen, nur eine tiefe Leere machte sich in ihr breit. Es konnte sogar sein, dass sie einige Tage brauchen würde, um den Tod ihres Mannes zu begreifen.

„Ich kann jemanden vom Psychologischen Dienst rufen. Möchten Sie das?“, bot Sonja ihr an und legte vorsichtig ihre Hand auf den Unterarm der jungen Frau. Manchmal reichte schon eine Berührung, um die Starre zu lösen. Tatsächlich begann Nathalie Wallner Sekunden später leise zu weinen. Unauffällig machte Sonja ihrem Kollegen ein Zeichen, psychologische Hilfe zu rufen. Peter Kerschbaumer wandte sich ab und telefonierte mit dem Präsidium.

Nun kam auch Wallners kleiner Sohn hinzu. Er sah erschrocken aus, vermutlich hatte er seine Mutter noch nie weinen gesehen.

„Du musst Philipp sein, richtig?“, fragte Sonja ihn mit einem Lächeln.

Der dunkelblonde Junge nickte schüchtern. Er hatte rot glühende Wangen, vermutlich hatte er gerade im Garten gespielt.

„Magst du mir mal dein Zimmer zeigen?“, fragte Sonja.

Philipp nickte eifrig. Sie erhob sich und bat Kerschbaumer, bei Frau Wallner zu bleiben.

„Was hat die Mama?“, fragte er Sonja mit großen, besorgt dreinblickenden Augen.

„Deiner Mama geht es gerade nicht so gut. Das wird sie dir aber später sicher erklären. Sag mal, musst du denn heute gar nicht zur Schule?“

Philipp schüttelte den Kopf.

„Wir haben Ferien. Papa will mich und Tom heute zum Training mitnehmen.“

„Willst du auch mal Eishockeyspieler werden?“, fragte Sonja.

Philipp nickte und strahlte. Marcel Wallner war offenbar nicht nur sein Vater gewesen, sondern auch sein Idol. Was für ein schlimmer Verlust für diese junge Familie! Wie würde dieser Junge mit dem Tod seines jungen Vaters umgehen? Sonja dachte an Laura, ihre Ziehtochter, die ihren Vater ebenfalls verloren hatte, als sie fast noch ein Kind gewesen war. Die seelische Verletzung, die der Tod der Eltern bei Kindern hervorrief, konnte durch nichts geheilt werden. Nun war es an der Mutter, so gut wie möglich für ihren Sohn da zu sein und gleichzeitig mit der eigenen Trauer fertigzuwerden.

„Wenn du mal groß bist, spielst du bestimmt so gut wie dein Papa. Ist Tom dein Freund?“, fragte Sonja weiter. Vielleicht war es das Beste, wenn Philipp die ersten Stunden dieses Dramas nicht miterleben musste.

„Willst du zu ihm? Dann könnt ihr miteinander spielen“, schlug sie vor.

Sonja hörte Schritte, die sich dem Kinderzimmer näherten. Sie sah auf. Peter Kerschbaumer stand in der Tür. Sie sah ihn stirnrunzelnd an.

„Was machen Sie hier? Sie sollten doch bei ihr bleiben“, fragte sie so leise wie möglich und versuchte, ihre Stimme nicht zu scharf klingen zu lassen.

„Sie wollte alleine sein“, antwortete er traurig. Sonja konnte sich vorstellen, wie hilflos sich ihr Kollege in diesem Moment fühlen musste.

„Hey“, sagte er dann lächelnd zu Philipp, „du hast aber ein tolles Zimmer. Weißt du was? Als ich so alt war wie du, habe ich auch mal Eishockey gespielt.“

„Philipp“, meinte Sonja, „was hältst du denn davon, wenn der Herr Kerschbaumer dich mit dem Polizeiwagen zu Tom fährt?“

Philipp grinste und sah zu Kerschbaumer hinauf.

„Mit Sirene und Blaulicht?“, fragte der Junge.

„Das kommt überhaupt nicht …“, sagte Kerschbaumer streng. „Na ja, schauen wir mal. Aber nur, wenn du dich nicht wie ein Schwerverbrecher aufführst!“

Sonja verließ das Kinderzimmer und ging den Flur entlang. Hinter der nächsten Tür entdeckte sie ein Arbeitszimmer. Marcel Wallner musste tatsächlich ein Star seines Sports gewesen sein, auf einem Wandregal standen mehrere glänzende Eishockeypokale und Trophäen. An den Wänden hingen Fotos von Marcel im

Mannschaftskostüm, mit seinem Trainer, anderen Sportlern und seiner Mannschaft. Vorsichtig ging sie zum Schreibtisch und öffnete lautlos die Schubladen. Darin befand sich nichts Auffälliges, nur einige Geldscheine und eine Armbanduhr. Auf dem Schreibtisch stand ein Hochzeitsfoto. Es zeigte ein glückliches junges Paar, welches das ganze Leben noch vor sich hatte.

*

Peter Kerschbaumer ließ Philipp durch die Tür. Die Angst des kleinen Jungen war vorübergehend aus der Welt geschafft, nun strahlte er und ging mit stolz geschwellter Brust zum Polizeiwagen. In diesem Moment parkte ein Auto im Hof der Wallners. Ein etwa vierzigjähriger Mann in einem teuren, blauen Anzug stieg aus. Er rückte seine Sonnenbrille zurecht und sprach in sein Mobiltelefon. Er war sichtlich genervt.

„Ich brauche bis morgen die Zusage, sonst unterschreibt er bei *Asiago* … Du kennst mich, würde ich drohen? Das ist nicht mein Stil! Okay, aber überlegt nicht zu lang. Er ist der Beste, den ihr habt, und das weißt du genau."

Damit beendete er das Gespräch und ging zum Hauseingang. Als er vor Kerschbaumer stand, wandte er sich direkt an Philipp und fragte ihn scherzhaft, ob er etwas ausgefressen habe. Dann sah er Kerschbaumer misstrauisch an und entdeckte gleich darauf Sonja, die ihn bereits an der Haustür erwartete.

„Ist irgendwas passiert?“, fragte er. „Wer sind Sie?“

„Sonja Schwarz, Polizia di Stato Bozen. Verraten Sie mir auch, wer Sie sind?“

„Polizei?“, fragte er weiter. „Wo ist Marcel? Was ist hier los?“

Sonja bat ihn, ihr zu folgen. Sie wollte unbedingt vermeiden, dass der kleine Philipp durch Zufall und nicht von seiner Mutter von Marcels Tod erfuhr. Sie wusste, wie verletzlich die kleinen Kinderseelen waren.

„Ich glaube das nicht“, sagte Sebastian Glasner erschüttert, nachdem Sonja ihm berichtet hatte, was in der Nacht zuvor in der Bozner *Eiswelle* geschehen war.

„Sie sind Marcels Manager, Herr Glasner?“, erkundigte sie sich.

Glasner nickte und fügte mit nachdenklichem Gesicht hinzu: „Er ist mein Freund. Vielleicht der einzige, den ich habe.“ Auch er hatte noch nicht verstanden, dass Marcel tatsächlich tot war. Der junge Wallner, schloss Sonja daraus, musste wohl zwei Gesichter gehabt haben: das des harten Spielers auf dem Eis, der mit dem Kopf durch die Wand ging, und das des liebenden Ehemanns und Vaters, sobald er zu Hause war.

„Aber Sie haben sich auch um seine Geldangelegenheiten gekümmert.“

„Marcel hatte nur seinen Sport im Kopf. Zahlen waren nicht sein Ding und mit Geld konnte er überhaupt nicht umgehen.“

„Waren Sie heute mit ihm verabredet?“, fragte sie weiter.

„Sein Vertrag beim Club läuft aus und ich verhandle die Verlängerung. An einem wie Marcel sind alle Top-Clubs interessiert“, erklärte Glasner. Sonja betrachtete sein Gesicht. Er war blass, außerdem zitterten seine Hände. Entweder traf ihn der Tod seines Freundes sehr schwer oder er hatte Angst. Jedenfalls stand der Mann, der sich nun an einem Stuhl auf der Terrasse abstützte, unter starkem Stress.

„Und Sie bekommen auch was davon ab“, schlussfolgerte Sonja nüchtern.

„Ja, klar“, entgegnete Glasner, „das ist ja mein Job. Ich bekomme fünfzehn Prozent seines Jahresgehalts.“

„Sind Sie nur Spielerberater?“, erkundigte Sonja sich und fragte sich insgeheim, wie viel diese fünfzehn Prozent des Einkommens wohl ausmachten.

„Nein, Eishockey ist kein Fußball. Das allein würde nicht reichen. Ich vertrete noch ein paar Immobilieninvestoren. Ich kenne mich in Bozen gut aus. Marcel und ich sind beide dort aufgewachsen, wir waren Nachbarskinder. Mit zwölf hat er mit dem Eishockey angefangen. Ich bin zum Training mitgekommen, habe mich aber selbst nie aufs Eis gewagt.“

„Sein Trainer hat behauptet, Marcel sei ein schwieriger Typ gewesen.“

Glasner schüttelte traurig den Kopf und starrte dann in die Ferne.

„Mit mir war er nicht schwierig."

Sonja hatte den Eindruck, dass der Manager tatsächlich gerade seinen besten Freund verloren hatte. Doch sie wollte sich nicht täuschen lassen.

„Haben Sie sich für ihn verantwortlich gefühlt?"

Glasner sah ihr nun direkt in die Augen.

„Für mich ist Marcel der kleine Bruder, den ich nie hatte."

Nachdem er diese Worte ausgesprochen hatte, kam Nathalie hinzu. Auch sie war blass, ihre Augen waren vom Weinen gerötet. Sie ging auf Glasner zu, der sie wortlos und fest umarmte.

Sechs

Sonja verließ das riesige Zuhause der Wallners und fuhr die vielen Kehren bis in die Ortschaft Leifers hinunter.

Kurz vor dem Ortseingang holte Kerschbaumer sie in seinem Streifenwagen ein. Er blinkte kurz auf, um sie zu grüßen. Sonja lächelte und winkte zurück. Etwa zwanzig Minuten später parkten beide vor dem Bozner Polizeipräsidium.

„Alles okay mit Philipp?", fragte sie.

„Ja, ich habe ihn gut abgeliefert. Ohne Blaulicht."

„Sie hätten ruhig mal ein Auge zudrücken können", meinte Sonja und schmunzelte, woraufhin Kerschbaumer sich aufrichtete, seine Uniform straffte und ihr erklärte, dass dies gegen die Vorschrift sei: „Es war keine Gefahr im Verzug!"

„Hat die KTU schon was?", fragte Sonja ihren jüngeren Kollegen Jonas, der bereits im Büro eingetroffen war und dort auf sie wartete.

Jonas schüttelte bedauernd den Kopf.

Sonja sah zu ihrem Schreibtisch hinüber und stutzte. Jemand hatte einen wunderschönen Blumenstrauß darauf abgestellt.

„Die hat jemand für dich abgegeben", sagte Jonas beiläufig, während er einige Daten in seinen Computer eingab.

„Haben Sie einen Bewunderer?", fragte Peter Kerschbaumer. Nun war er derjenige, der schmunzelte. „Ach nein, Sie haben ja bald Geburtstag, Capo."

„Ja", sagte Sonja, „und es wird nicht gefeiert." Sie erinnerte ihre Kollegen daran, dass sie sich jegliche Geburtstagsparty aus dem Kopf schlagen sollten.

Sonja stellte sich vor den duftenden Strauß und betrachtete ihn eingehend. Dann entdeckte sie ein Kärtchen und nahm es aus seinem kleinen, gelben Umschlag. „Wenn Sie mal Lust auf einen Drink haben … Schöne Grüße von David Lorenz", stand darauf geschrieben. Gleich darunter erkannte sie eine Telefonnummer. Ein Belagerer der ganz alten Schule also, dachte Sonja sofort. Sie hoffte nur, dass er sich nicht zum Stalker entwickeln würde. Dann hatte er nämlich bei ihr sehr schlechte Karten.

„Die KTU hat gerade was geschickt", unterbrach Peter Kerschbaumer ihren Gedankengang. „Die DNA-Spuren brauchen noch etwas, aber in Wallners Wagen waren Fingerabdrücke. Und wir haben einen Treffer."

Damit rief er eine Seite auf seinem PC auf. Ein Bild poppte auf, das einen jungen, sehr attraktiven Mann zeigte.

„Anton Hofer, wohnhaft in Bozen", las Peter Kerschbaumer vor. Sonja stutzte, zwar hatte sie das Gesicht so noch nie gesehen, doch dessen Züge kamen ihr bekannt vor.

„Warum ist er registriert?", fragte sie.

„Er ist vor zwei Jahren betrunken Auto gefahren und hat einen parkenden Wagen gerammt. Nur Blechschaden, keine Verletzten."

„Dann fahr ich mal zu ihm hin", beschloss Sonja, ohne einen weiteren Gedanken an die Blumen auf ihrem Schreibtisch zu verschwenden. „Jonas, du kümmerst dich bitte um die Mannschaftskollegen von Wallner. Ich will genau wissen, wer wie lange in der Kabine war und wer Wallner als Letzter gesehen hat."

„Der Letzte müsste es ja dann gewesen sein", konterte Peter Kerschbaumer.

„Echt, Papa", lachte Jonas, „der hätte von mir sein können. Es kann doch einer danach reingekommen sein. Oder einer vom Team kam nochmal zurück."

Peter Kerschbaumer überlegte kurz und gab seinem Sohn recht. Sonja wollte schon gehen, dann erstarrte sie plötzlich. Jetzt war ihr ein Licht aufgegangen. Schnell ging sie noch einmal an den Rechner und sah sich Antons Foto an.

*

Laura streifte die Hände an ihren Arbeitshosen ab. Sie war müde, streckte ihren Rücken durch und ging langsam durch die Reben zurück zum Haupthaus. Da und dort steckte sie einen kleinen Trieb zurück, der die

Freiheit gesucht hatte. Sie ging noch ein paar Schritte, bis sie bei der mächtigen Zirbe im Garten angekommen war. In der Scheune fand sie eine alte Wolldecke, sie breitete sie unter dem Baum aus und setzte sich hin.

„Ist alles in Ordnung, mein Schatz?", fragte Katharina sie. Laura hatte sie nicht kommen hören und erschrak ein wenig. Dann bot sie ihr einen Platz neben sich auf der Decke an.

„Ich weiß es nicht", entgegnete Laura und zupfte unruhig an einem Grasbüschel herum. „Irgendwie habe ich eine komische Phase."

„Was stimmt denn nicht? Bist du unzufrieden?"

„Nein. Ich meine, das Weingut läuft super und jetzt verkaufen wir ja auch viel mehr, seitdem wir die Website haben. Ich denke nur immer darüber nach, was in Zukunft werden soll."

„Was wünschst du dir denn?", fragte Katharina und steckte ihr sanft eine Locke hinters Ohr, genau wie Laura vorher die Reben zurückgesteckt hatte.

„Wenn ich das so genau wüsste. Ich habe halt einfach das Gefühl, nicht genug von der Welt gesehen zu haben."

„Wissensdurst nennt sich das. Und das ist auch gut so. Du wirst schon sehen, es wird dir sehr guttun, mal bei dem anderen Weingut reinzuschnuppern. Damit hast du zwar noch lange nicht den Rest der Welt gesehen, aber es ist doch zumindest ein Schritt in die richtige Richtung."

„Danke, Oma. Ich wünschte mir, Mama wäre öfter da. Ich fände es einfach schön, wenn wir diese Dinge miteinander besprechen könnten. Zu dritt, meine ich, als Familie."

„Ich weiß", sagte Katharina und richtete ihren Blick in die Ferne. „Ich glaube, sie braucht einfach noch ein bisschen Zeit, um mit den letzten Ereignissen zurechtzukommen. Und da stürzt sie sich eben in die Arbeit, du kennst sie ja. Trotzdem wird sie immer für dich da sein."

Sieben

Er starrte in den Spiegel und sah sich doch nicht. Er spürte eine unendliche Leere, Schwäche, sein Körper schmerzte, sein Herz verkrampfte sich, sein Magen zog sich zusammen. Wieder kamen die Tränen, er konnte sie nicht kontrollieren. Der Kloß in seinem Hals nahm ihm die Luft zum Atmen. Er hatte versucht etwas zu essen, doch davon war ihm nur übel geworden. Die Reste auf seinem Teller ekelten ihn an, er vermied es, sie anzusehen.

„Hallo", sagte plötzlich eine sanfte Frauenstimme.

Anton zuckte zusammen, so sehr war er erschrocken. Als er sich umdrehte, erkannte er die Frau vom Vorabend wieder, die bei dem Streit mit Markus auf dem Parkplatz eingeschritten war.

„Sonja Schwarz, Polizia di Stato Bozen. Ich muss Ihnen leider ein paar Fragen zu Marcel Wallner stellen. Ich nehme an, Sie wissen, was passiert ist? Fühlen Sie sich dazu in der Lage?"

Er schluckte. Dann schüttelte er den Kopf und kämpfte gegen den nächsten Weinkrampf an. Die Kommissarin nahm sich einen Hocker und setzte sich neben ihn. Am besten war es wohl, das Gespräch mit etwas Unverfänglichem zu beginnen.

„War ein toller Auftritt gestern. Wie lange machen Sie das schon?“, fragte sie und sah sich in der Umkleide um. Das Chaos aus Kleiderständern, Kostümen und Schminkutensilien war Anton beinahe ein wenig unangenehm.

„Vier Jahre“, erwiderte Anton mit erstickter Stimme. „Ich verdiene nicht viel, aber ich liebe das, was ich tue. Ich kann auch nichts anderes.“

„Es muss schön sein, wenn man mal jemand ganz anderes sein kann. Auch wenn's nur für ein paar Stunden ist“, sagte Sonja nachdenklich.

„Wer möchtest du denn gerne sein?“, entgegnete er.

„Ach“, machte sie und winkte ab. „Ich bin eigentlich ganz zufrieden.“

Anton sah sie eindringlich an: „Dein Blick sagt aber etwas anderes.“

Sonja hatte nicht damit gerechnet, dass ihr Gegenüber in ihren Augen lesen würde, und musste sich sammeln, bevor sie die erste Frage stellen konnte.

„Wir haben Ihre Fingerabdrücke in Marcels Wagen gefunden. Haben Sie sich gestern mit ihm getroffen?“

„Wir waren verabredet, nach dem Auftritt. Wir treffen uns immer außerhalb. Meistens am See. Aber er ist nicht gekommen. Heute Vormittag habe ich dann gehört, was passiert ist.“

Er musste sich zusammenreißen, um nicht laut aufzuschluchzen. Die Schmerzen, die Marcels plötzlicher Tod verursachten, waren unerträglich.

„Waren Sie und Marcel ein Paar?“, fragte die Kommissarin freundlich.

Er nickte. „Wir haben es versucht. Acht Monate lang. Er war hier in der Bar mit ein paar Kollegen vom Sport. Die hatten ihre Frauen dabei. Den anderen hat es, glaube ich, nicht gefallen, aber Marcel kam dann nochmal wieder. In derselben Nacht.“

„So fing das also an. Aber Ihre Beziehung war geheim.“

„Natürlich war sie das. War nicht schön, aber eine andere Möglichkeit gab es nicht. Marcel und der Sport, da habe ich nicht reingepasst. Ich habe das verstanden.“

„Hatte er denn vor, seine Frau zu verlassen?“, fragte Sonja nun.

Anton schüttelte seinen Kopf. „Hast du eine Vorstellung davon, was dann hier los gewesen wäre?“

„Haben Sie denn noch Familie in Bozen?“

Wieder verneinte er. Was ging das diese Polizistin an?

„Der Typ auf dem Parkplatz gestern Abend, wer war das?“

„Markus. Markus Klinger. Wir waren mal …“, erklärte er und hoffte, dass diese Fragerei bald ein Ende haben würde. Er konnte einfach nicht mehr.

„… ein Paar“, ergänzte Sonja. „Wusste er von Ihnen und Marcel?“

„Ja. Aber Markus ist nicht gefährlich“, sagte er leise.

„Er dreht nur ab und zu mal durch“, schloss Sonja aus Antons Blick, der sowohl Angst als auch Wut zeigte.

„Wir drehen doch alle mal durch.“

„Wie kommen Sie hier in Bozen zurecht? Ich meine, als junger Mann, der als Sängerin arbeitet, haben Sie doch vermutlich einen eher schweren Stand.“

Anton lächelte zögerlich.

„Auf jeden Fall besser als da, wo ich ursprünglich herkomme. Hier in der Stadt gibt es zumindest eine kleine Szene, in der ich mich wohlfühle und in der ich mein Talent ausleben darf. Bozen ist nicht so provinziell, wie man es sich vielleicht als Außenstehender vorstellt.“

„Das freut mich für Sie“, sagte Sonja. „Und ich wünsche Ihnen alles Gute dafür. Danke erst einmal für das Gespräch. Verlassen Sie die Stadt bitte vorerst nicht.“

„Wo sollte ich denn auch hin?“, fragte Anton leise.

*

Die Unterhaltung mit Anton Hofer hatte Sonja traurig gestimmt. Natürlich war es immer eine furchtbare Angelegenheit, mit den Hinterbliebenen und Lieben der Mordopfer sprechen zu müssen, doch dieses Gespräch hatte sie in ihrem Innersten getroffen. Anton, der sich nachts als Isabella ausgab, hatte selbst ihre Traurigkeit erkannt. Er musste ein sehr empfindsamer Mensch sein, feinfühlig und rücksichtsvoll. Konnte so ein Mensch zum Mörder werden?

Sonja verließ das Hotel *Luna*, das sich mitten in Bozens Altstadt befand. Als sie aus dem gedämpften Ambiente der Bar heraustrat, erschrak sie fast vor dem herbstlichen Sonnenlicht, den Geräuschen und den vielen Menschen, die ihr auf dem Weg zum Parkplatz vor dem Präsidium entgegenkamen. Einen Moment lang hatte sie das Gefühl, aus einer anderen Welt zurück in die Realität geworfen zu werden. In diesem Hotel herrschte Ruhe, die Zeit schien stillzustehen, so ganz anders als auf den Straßen, wo sich die Menschen genau wie in anderen Städten eher geschäftig und hektisch verhielten.

Sie ging zu ihrem Auto, stieg ein und gab in das Navigationsgerät den Namen der Straße bei Kaltern ein, den Anton ihr aufgeschrieben hatte. Dort würde sie Markus zwischen den Apfelbäumen auf der rechten Seeuferseite finden.

*

„Herr Klinger?", rief sie laut, als sie Markus auf dem Sitz des riesigen Traktors erkannte. Der junge Bauer stoppte sein Fahrzeug, sah zu ihr hinunter und machte eine genervte Miene. Sonja ging ein paar Schritte zurück und bemerkte, dass etwas Weiches unter ihrem Schuh nachgegeben hatte. Sie war in einen Fallapfel getreten.

„Schwarz, Polizia di Stato, Bozen", erklärte sie und wischte ihren Schuh an einem Grasbüschel sauber.

„Was soll das?“, fragte er in aggressivem Tonfall. „Hat Anton Sie geschickt? Ich bin kein Stalker oder so was, ich wollte einfach nur mit ihm reden.“

„Was haben Sie gestern gemacht, nachdem Sie weggefahren sind?“, fragte Sonja ihn nun bestimmt.

„Wieso? Was geht Sie das an?“

„Beantworten Sie die Frage. Hier geht's um Mord, Herr Klinger“, sagte Sonja nun im Befehlston. Markus zuckte ein wenig zusammen.

„Wo waren Sie nach zweiundzwanzig Uhr?“

„Bin herumgefahren“, sagte Klinger knapp.

„Wo herumgefahren?“

„Keine Ahnung, einfach durch die Gegend, um abzuschalten. Dann bin ich nach Hause und hab mich betrunken, wenn Sie's genau wissen wollen.“

„Gibt's dafür irgendwelche Zeugen?“, fragte Sonja nun etwas freundlicher.

„Nein. Wer ist denn tot?“

Sonja wollte schon antworten, da merkte sie, wie er selbst auf die Antwort kam.

„Das ist jetzt aber nicht wegen dem Wallner, oder?“, fragte Klinger bestürzt.

„Sie und Anton Hofer waren ein Paar?“

Er nickte und legte seine Stirn in Falten. „Zwei Jahre lang. Bis vor einem halben Jahr waren wir zusammen, glücklich zusammen. Dann hat er plötzlich Schluss gemacht. Er sagte, er habe einen anderen kennengelernt. Das ging wohl schon eine Weile.“

„Wissen Sie, wer der andere war?“

„Er wollte es mir nicht sagen. Ich habe ihm gesagt, dass man wegen einer Affäre nicht einfach zwei Jahre so mir nichts, dir nichts wegschmeißt. Er hat nur gemeint, es sei keine Affäre, sondern die große Liebe.“

„Und was war das gestern Nacht auf dem Parkplatz?“, fragte Sonja nun fordernd.

Markus Klinger hob beschwichtigend die Hände.

„Ich hatte was getrunken, okay? Ich war durcheinander, wollte nochmal reden.“

„Haben Sie Anton bedroht?“, fragte Sonja und fixierte ihn. Auf den ersten Blick schien Klinger ehrlich zu sein.

„Ob Sie's glauben oder nicht: Ich liebe Anton. Ich könnte ihm nie was antun.“

Das Läuten von Sonjas Handy unterbrach das Gespräch, das endlich ein wenig in die Gänge gekommen war. Etwas genervt nahm Sonja ab und entfernte sich ein paar Schritte von Klinger. Dabei achtete sie darauf, nicht wieder in einen faulen Apfel zu treten.

„Jonas“, sprach sie ins Telefon, „was gibt's?“

„Ich habe mit allen Spielern vom Club geredet, die beim Training waren. Zum Schluss waren noch drei Spieler da, die sind dann gemeinsam gegangen. Da war Marcel Wallner noch am Leben, das haben alle unabhängig voneinander bezeugt. Auch Lucas Ulmers Kollegen haben seine Geschichte bestätigt. Also war's keiner von der Mannschaft.“

„Es sei denn, wie gesagt, einer von ihnen ist zurückgekommen. Oder es war noch jemand in der Halle, von dem wir noch nichts wissen“, entgegnete Sonja.

Jonas machte eine kurze Pause, dann sagte er: „Wallners Frau hat angerufen, sie will mit dir sprechen.“

Acht

Sonja arbeitete sich wieder Kehre für Kehre hinauf zum Anwesen der Wallners. Als sie parkte und aus dem Auto stieg, stand Nathalie Wallner bereits in der Tür und ließ sie eintreten. Das hübsche Gesicht der Witwe war blass, ihre Augen waren vom vielen Weinen gerötet und geschwollen. Wohin Sonja blickte, sah sie Blumensträuße und Beileidsbekundungen.

„Den ganzen Tag kommen Blumen an. Ständig klingelt das Telefon. Ich weiß nicht, was ich den Leuten sagen soll."

„Wo ist Ihr Sohn?", fragte Sonja und sah sich um.

„Immer noch bei Tom. Ich weiß nicht, wie ich ihm das beibringen soll … Wie macht man das?"

Sonja nickte und drückte ihr sanft den Arm. Sie wusste nur zu gut, wie schwer es war, einem Kind solche Nachrichten zu vermitteln.

„Was ich Sie fragen wollte", begann die junge Frau schüchtern, „kann ich Marcel nochmal sehen? Geht das?"

Sonja nickte und versprach, sich darum zu kümmern.

„Wie haben Sie und Marcel sich kennengelernt?", fragte sie dann.

„Ich habe damals Urlaub in Bozen gemacht und ihn in einer Bar getroffen", erzählte Nathalie Wallner mit leiser Stimme. Immer wieder musste sie sich an einem Stuhl festhalten, so geschwächt war sie.

„Frau Wallner, kennen Sie einen gewissen Anton Hofer?"

Nathalie schüttelte den Kopf. Sie füllte eine Vase mit Wasser und steckte die weißen Rosen, die sie gerade eben bekommen hatte, einzeln hinein.

„Waren Sie mal in der Bar des Hotels *Luna*?"

Auch diese Frage verneinte sie.

„War Ihre Ehe glücklich?"

Nathalie legte den Kopf in den Nacken und atmete tief durch.

„Ich war glücklich", sagte sie und atmete hörbar aus. Dann füllten sich ihre Augen wieder mit Tränen.

„Hatten Sie nie den Verdacht, dass Ihr Mann eine Affäre haben könnte?"

Nathalie sah Sonja an, erwiderte aber nichts.

„Wann hat Ihr Mann gestern das Haus verlassen?"

Nathalie dachte kurz nach. „Kurz vor sieben – wie immer, wenn er Training hatte."

„Und Sie haben sich keine Sorgen gemacht, als er nicht nach Hause gekommen ist?"

„Ich dachte, er sei wieder mit den Jungs unterwegs. Heute Morgen habe ich mir Sorgen gemacht, aber dann waren Sie plötzlich da und …", Nathalie schluchzte laut auf. „Was soll ich denn machen ohne ihn?"

Aus Angst, dass die junge Witwe zusammenbrechen würde, stützte Sonja sie und brachte sie zum Sofa, damit sie sich setzen konnte. Dann ging sie in die Küche und holte ihr ein Glas Wasser.

„Versuchen Sie, ein wenig zu schlafen", riet Sonja ihr. „Stellen Sie das Telefon aus, das wird Ihnen keiner übelnehmen. Sie müssen sich erholen und für Philipp da sein, wenn er nach Hause kommt. Sagen Sie es ihm so bald wie möglich. Es bringt nichts, es ihm zu verschweigen, und mit der Zeit wird es nur schwieriger."

Nathalie nickte schwach. Sonja fand eine Decke und legte sie auf den bebenden Körper der jungen Frau. Dann verließ sie leise das Haus und den Hof.

Neun

Gerade als Sonja Schwarz wieder in die Bozner Innenstadt fuhr, erhielt sie eine Kurznachricht von ihrer Stieftochter Laura.

„Sie haben Ja gesagt, ich darf ein Praktikum am Rielingerhof machen. Aber bevor ich dort anfange, gehen Katharina und ich noch zu den Erdpyramiden."

Lächelnd schickte sie ihr einen hochgehobenen Daumen und ein Küsschen zurück. Sie freute sich wieder einmal über Lauras Engagement für das familiäre Weingut und natürlich darüber, dass sie mit ihrer Oma diese wunderschönen Ausflüge machte. Der frühe Herbst war dafür die beste Jahreszeit, auch wenn dabei ein wenig Arbeit liegen blieb.

Die erste Zeit, besonders nach Thomas' Tod, war schwierig gewesen. Die Trauer, die Wut, die Hilflosigkeit hatten den Frauen schwer zu schaffen gemacht. Doch nun waren sie beide und Katharina ein richtig gutes Gespann geworden – und eine wunderbare Familie. Ein wenig wünschte Sonja sich auch, dass Laura wieder einen Freund finden würde, mit dem sie ihre wenige Freizeit verbringen konnte. Doch nach der letzten Beziehung mit Luca schien sie daran kein Interesse zu haben. Nun, vielleicht würde ihr dieser Tapetenwechsel ja guttun und das Herz öffnen.

*

Sonja parkte ihren Wagen vor dem Präsidium und ging die Piavestraße hinunter bis zum Hotel *Luna*. Im Garten saßen einige Gäste, tranken Kaffee, aßen Kuchen und sprachen gedämpft miteinander. Selbst die Spatzen zwitscherten hier leiser. Dieses große Hotel mitten in der Stadt hatte wirklich seinen ganz eigenen Charme, fand Sonja.

„Guten Tag. Möchten Sie was trinken?", fragte die adrette Kellnerin namens Giulia, die sie bereits am vorherigen Abend bedient hatte. Sie stand vor der Eingangstür und machte eine Pause.

Sonja stieg die wenigen Stufen zu ihr hinauf. „Ich würde mir gern Antons Auftritt ansehen."

Giulia richtete ihre Schürze und bat sie in den Innenbereich der Bar. Giulia nahm das Tablett entgegen, das ihr Kollege für sie hergerichtet hatte und entschuldigte sich kurz, weil sie die Gäste im Garten bedienen musste. Sonja nutzte die Zeit, um sich ein wenig im Inneren des Hotels umzusehen.

Sie betrat das Zimmer neben der Bar. Es war hellgrün gestrichen. Auf den ersten Blick schien die Einrichtung dem Zufall überlassen worden zu sein, doch bei näherem Hinsehen war das Interieur bis ins letzte Detail perfekt gewählt. Das Sofa, das sich durch den gesamten Raum zog, nahm die hellgrüne Farbe der Wände wieder auf. Selbst die Muster der Sofakissen waren genau aufeinander abgestimmt.

Sonjas Blick fiel auf das Kaminfeuer, es flackerte und knackte und verlieh dem Studierzimmer eine noch heimeligere Note. Auf den einzelnen Tischen standen stilvoll gesteckte Blumensträußchen. Über dem Kamin entdeckte Sonja ein rotes Herbstbild in hölzernem Rahmen. Es war ein Herbstbild, feuerrote Blätter in einer orangeroten Umgebung. Das Bild weckte eine Sehnsucht in Sonja, die sie nicht greifen konnte. Vielleicht die, die Zeit noch einmal zurückdrehen zu dürfen. Mike hatte sich in ihren Gedanken festgebissen, sie schaffte es einfach nicht, sein Bild loszuwerden. Die Liebesnächte mit ihm, dieser heftige Sog, dann die Erkenntnis, dass er sich an ihr rächen wollte, und schließlich der Schuss aus ihrer Waffe mitten in sein Herz. Sonja wandte sich von dem Bild ab und flüchtete zurück zur Bar, wo Giulia bereits auf sie wartete.

„Sie meinten vorhin Isabella, richtig?“, fragte sie und stellte eine Mokkatasse unter die riesige Kaffeemaschine. „Ja, der Junge hat was drauf.“

„Sie beide sind befreundet?“, erkundigte Sonja sich in der Hoffnung, etwas mehr über den talentierten Verwandlungskünstler zu erfahren.

Giulia drückte ein Knöpfchen, woraufhin die Kaffeemaschine weißen Dampf spie. Mit geübten Handgriffen füllte sie Kaffeepulver in den Filter und ließ den Espresso in einem zähflüssigen Strahl in die Kaffeetasse fließen. Er duftete intensiv nach Arabica.

„Ich bin seine einzige Freundin", erklärte Giulia. „Von der Familie kümmert sich ja keiner um ihn, seit er ihnen *Arrivederci* gesagt hat."

Sonja stutzte. Hatte Anton nicht behauptet, gar keine Familie zu haben?

„Kennen Sie die Familie Hofer?", sprach sie dann weiter. „Das Hotel *Hofer* gibt es schon eine Ewigkeit und es ist hier in der Region eine Institution. Eine stinkreiche Familie, gleich dort oben am Ritten. Alle gläubig, vornehm, auf Tradition wird größter Wert gelegt. Ein schwuler Sohn, der als Sängerin arbeitet, passt so gar nicht in deren Weltbild."

„Wussten Sie von seiner Beziehung zu Marcel Wallner?", fragte Sonja.

Giulia nickte, ein trauriges Lächeln umspielte ihre Mundwinkel. „Ja, und nur ich. Sonst wusste keiner davon. Wenn die Familie dahintergekommen wäre, hätten sie Marcel wahrscheinlich umgebracht. Oder beide."

Plötzlich stockte die junge Frau. Sonja wusste ihre Äußerung natürlich richtig einzuordnen, dennoch wogen ihre Worte schwer.

Sonja blieb an der Bar sitzen, während Giulia sich um die anderen Gäste kümmerte. Eine halbe Stunde später, gegen neunzehn Uhr, betrat Isabella die Bühne. Sonja lauschte ihren Liedern, ihrer warmen, traurigen

Stimme und bemerkte, wie sie sich beim Beifall eine Träne aus dem Augenwinkel tupfte. Sicher war diese nicht aus Rührung über den Beifall gekullert, dachte Sonja, klatschte ebenfalls und verließ die Bar.

*

Isabella schlüpfte aus ihren Pumps, zog ihre Handschuhe aus und legte sie sorgfältig zusammen. Dann öffnete sie langsam den Reißverschluss ihres hautengen Kleides und hängte es über den Bügel. Nur mit Unterwäsche bekleidet, nahm sie vorsichtig die falschen Wimpern ab. Sie entfernte die Schminke von ihrer Haut und trug eine Feuchtigkeitscreme auf. Erst jetzt betrachtete er sich noch einmal im Spiegelbild. Noch bis vor wenigen Minuten hatte ihn sein zweites Ich geschützt, er war eine andere gewesen, eine Unantastbare. Nun fühlte er sich nackt und hilflos. Er konnte nicht mehr Anton sein, nicht solange die Trauer um Marcel so heftig war. Kurz war er versucht, sich wieder umzuziehen und zu schminken. Er schluckte die wieder aufsteigenden Tränen hinunter, nahm seine Tasche und verließ die Garderobe. Im Gehen winkte er Giulia zu, die gerade die Kaffeemaschine putzte.

Anton wohnte nicht weit weg, seine Wohnung lag nur etwa fünfhundert Meter entfernt in der Andreas-Hofer-Straße. Gerade als er die Straße überqueren wollte, näherte sich ihm ein Auto. Er erkannte noch das Grau des Wagens, als dieser schon mit hoher

Geschwindigkeit auf ihn zuraste, ihn mit einem dumpfen Geräusch erfasste und auf den Gehsteig schleuderte. Kurz spürte Anton noch sein Herz pochen, dann wurde es schwarz. Mit einem leisen Stöhnen kippte sein Kopf zur Seite.

Zehn

Nathalie Wallner betrat das Kinderzimmer. Ihr Sohn lag mit einer Taschenlampe im Bett und blätterte in einem Bilderbuch. Dann und wann kicherte er leise.

„Was liest du denn da Schönes?", fragte sie ihn.

„Spiderman", sagte Philipp.

„Oh, ein echter Klassiker."

„Hat mir Papa geschenkt", erklärte Philipp ihr. „Er hat gesagt, als er so alt war wie ich, war das sein Lieblingsbuch. Wann kommt er nach Hause?"

Nathalie blickte nach oben, um die aufsteigenden Tränen zu unterdrücken.

„Philipp, ich muss dir etwas sagen. Komm mal zu mir."

Dann nahm sie ihren Sohn auf den Schoß, zog ihm die Decke über und wiegte ihn sanft. Leise, mit Worten, die so furchtbar schwer zu finden waren, erklärte sie Philipp, dass sein Vater tot war.

„Was heißt das?", fragte er verständnislos.

„Das heißt, dass Papa nun nicht mehr bei uns ist. Er ist gestern am frühen Morgen gestorben. Es ist unten in der Eishalle passiert, deshalb konnte er auch nicht mehr nach Hause zurückkommen. Er ist jetzt beim lieben Gott und wird immer auf uns beide herunterschauen und gut auf uns aufpassen."

Plötzlich kullerte eine einzelne Träne über Philipps Wange.

„Nie wieder? Kommt er nie wieder zurück?"

„Nein, mein Spatz. Nie wieder. Ich weiß, wie schlimm das ist. Wir werden immer an ihn denken, in Ordnung? Und ganz oft von ihm erzählen. Das verspreche ich dir."

„Mama?"

„Ja?"

„Darf ich bei dir schlafen?"

„Natürlich, mein Großer."

Dann nahm Nathalie ihren Sohn auf den Arm, der noch immer das Lieblingsbuch seines Vaters in den Händen hielt, trug ihn in das elterliche Schlafzimmer und bettete ihn auf Marcels Seite. Sie kuschelte sich zu ihm und wenig später hörte sie sein gleichmäßiges Atmen. Die Tränen, die sie lautlos in seinen Schlafanzug weinte, bemerkte er nicht mehr.

*

„Die Aussicht hier oben ist einfach der Wahnsinn", staunte Laura und setzte sich auf die winzige Stufe vor dem Kobenkirchl.

„Als ich in deinem Alter war, war ich öfters hier in Lengstein", erzählte Katharina und setzte sich vorsichtig neben sie. „Irgendwie hat sich so gar nichts verändert."

„Was hast du denn hier oben gemacht?“, fragte Laura neugierig.

„Dreimal darfst du raten“, schmunzelte Katharina. „Ich hatte einen Freund hier oben. Aber meine Eltern durften davon nichts wissen. Deshalb haben wir uns heimlich hier bei dieser kleinen Kirche getroffen. Der Baum hinter der Kirche war damals noch nicht so hoch, aber man konnte sich schon wunderbar zwischen ihm und der Kirchenwand zum Knutschen verstecken.“

„Oma“, rief Laura halb entsetzt, halb belustigt, „echt jetzt!? Du hast hier oben herumgeschmust?“

„Ja, einen wunderschönen Sommer lang. Aber das ist alles so lange her. Und dann habe ich deinen Opa kennengelernt und bin schließlich am Kreithof geblieben. Trotzdem möchte ich die Zeit hier oben mit Paul nicht missen.“

Laura lächelte und stellte sich vor, wie ihre Oma in jungen Jahren gewesen sein musste. Bestimmt war sie eine wunderschöne Frau gewesen, die vielen Männern den Kopf verdreht hatte.

Sie stand auf, öffnete die kleine, dunkelrote Tür und betrat die winzige Kirche. In der linken Ecke stand ein Besen, an der rechten Wand hing ein Kruzifix. In einer Nische befand sich ein Heiligenbildchen mit einer Kerze, daneben stand der Altar. Eine Jesusstatue stand auf einem alten Ast. Laura schloss kurz die Augen und dachte an ihren Vater Thomas, der einige Jahre zuvor bei einem Anschlag lebensgefährlich verletzt worden und wenige Tage später im Krankenhaus gestorben war. Fast schämte sie sich einen Moment, weil sie in letzter Zeit einfach zu beschäftigt gewesen war, um an ihn zu denken. Leise entschuldigte sie sich bei ihm. Sie verharrte vor dem Altar, doch plötzlich konnte sie ihre Tränen nicht mehr zurückhalten. Sie schluchzte auf, zitterte, schlug die Hände vors Gesicht. Da spürte sie Katharinas Berührungen auf ihren Schultern und wie sie sie sanft in den Arm nahm.

„Meine Kleine", sagte sie leise, „ist ja schon gut, alles wird gut … beruhige dich doch."

„Ich vermisse ihn so sehr", weinte Laura und vergrub ihr Gesicht in Katharinas weicher, warmer Strickjacke. „Aber ich habe nie Zeit, um an ihn zu denken. Und nachts bin ich so müde, dass ich nicht mal mehr weiß, ob ich von ihm geträumt habe. Dabei will ich ja an ihn denken. Ich will Papa nicht vergessen."

„Das wirst du auch nicht. Und dein Papa wäre so stolz auf dich, wenn er wüsste, wie sehr du dich für sein Weingut einsetzt und mir und Sonja hilfst."

Laura schniefte leise und nickte.

„Jedes Mal, wenn du eine Rebe umsteckst oder eine Traube erntest, hast du etwas von deinem Vater in deiner Hand. Er ist also die ganze Zeit bei dir und du bist bei ihm. Du kultivierst sein Erbe, du lässt das wachsen, was er gepflanzt hat. Du steckst so viel Liebe in sein Werk, mehr kannst du ihm als Tochter doch überhaupt nicht geben."

„Danke, Oma", sagte Laura leise, nahm ihr Taschentuch entgegen und trat aus der kleinen Kirche auf den Hang hinaus. Dann sah sie zum Schlern hinüber. Die Luft war so rein, dass er zum Greifen nah schien.

„Wir müssen weiter", sagte Katharina. „Die Erdpyramiden warten. Und ich habe schreckliche Lust auf eine Tasse Kaffee und ein Stück Kuchen."

„Ich bin müde, Oma. Am liebsten würde ich einfach noch ein bisschen hierbleiben und an Papa denken."

„Dann machen wir das so", beschloss Katharina, setzte sich wieder hin und bettete Lauras Kopf auf ihren Schoß. „Die Erdpyramiden stehen am nächsten Wochenende bestimmt auch noch da, wo sie hingehören."

„Erzähl mir von deinem Paul", forderte Laura sie auf und konnte schon wieder lächeln. „War bestimmt ein ganz ein Fescher?"

„Der Schönste von allen, natürlich. Und ein feiner junger Mann war er auch."

„Warum bist du dann nicht bei ihm geblieben?"

Katharina zuckte mit den Schultern. „Weil er leider nur zwei Monate lang fein zu mir war. Dann ist er mit der Nächsten ausgegangen."

„Wenn ich den erwische …", knurrte Laura scherzhaft.

„Dann lässt du ihn schön in Frieden“, lachte Katharina. „Ich bin so froh, dass ich deinem Großvater begegnet bin. Wie wäre ich denn sonst zu einer so wundervollen Enkelin gekommen?“

Elf

Als Sonja um sieben Uhr morgens ins Foyer des Bozner Krankenhauses stürmte, wartete Jonas bereits auf sie. Einige Patienten starrten ihr vorwurfsvoll hinterher, weil sie im Laufschritt über den breiten Gang direkt auf ihren jungen Kollegen zueilte.

„Wie geht's ihm?", fragte sie und sah in Jonas' erschüttertes Gesicht.

„Er hat einen Oberschenkelbruch, ein paar gebrochene Rippen und eine Kopfwunde vom Aufprall. Die Ärzte haben ihn notoperiert."

Sonja fragte, was genau passiert sei.

Jonas hob ratlos die Arme.

„Wir haben zwei Zeugen, die den Wagen gesehen haben, der ihn angefahren hat. Der Fahrer ist flüchtig."

„Haben wir eine Beschreibung des Wagens?", fragte sie.

„Dunkelgrau, groß, Kennzeichen: keine Ahnung."

„Wir müssen alle Überwachungskameras in der Umgebung checken, Verkehrskameras, Geschäfte, Bankautomaten, alles. Und lass sein Zimmer bewachen, rund um die Uhr."

Jonas nickte, nahm sein Handy und begann, alles zu organisieren.

Sonja betrat leise das Krankenzimmer, in dem Anton lag. Sein Kopf war verbunden, sein Bein war bis zur Hüfte eingegipst und hoch gelagert, man hatte ihn intubiert. Gut, dass er in diesem Moment schlief und keine Schmerzen ertragen musste.

*

Sonja Schwarz liebte ihre Arbeit als Profilerin und Ermittlerin, doch eine Aufgabe der Polizeiarbeit konnte sie nicht ausstehen: die, den Familien mitteilen zu müssen, dass ein Angehöriger verletzt oder gar ermordet worden war. Bereits zum zweiten Mal innerhalb weniger Tage musste sie einer Familie diese Hiobsbotschaft überbringen. Gleichzeitig wurde ihr bewusst, wie nahe ihr der Fall um Anton Hofer und Marcel Wallner ging. Früher einmal, da hatte sie besser funktioniert und sich weniger von ihren eigenen Emotionen beeinflussen lassen. Doch seit dem letzten Fall, der sie selbst betroffen und in Gefahr gebracht hatte, bei dem sie ihren ehemaligen Partner und Geliebten Mike Gerber aus Notwehr erschossen hatte, schaffte sie es nicht mehr, die Gefühle auszuschalten. Sie rügte sich selbst dafür, doch es gelang ihr einfach nicht.

Aufschieben ließ sich dieses Unterfangen nicht, aber Sonja war froh, vorher die kurvige Strecke auf den Ritten hinauffahren zu müssen. Die halbe Stunde, die sie bis dahin im Auto verbringen würde, war wie eine kleine Schonzeit für sie, in der sie ihre Gedanken sortieren und ihre Worte vorbereiten konnte. Sie wusste nicht, wie die Verwandten auf die schlimme Nachricht des Mordversuches an ihrem Sohn und Bruder reagieren würden, zumal Anton Hofer mit seiner Familie gebrochen hatte und auch sie anscheinend nichts mehr mit ihm zu tun haben wollte. Vielleicht würde es sie aufrütteln und im besten Falle sogar zu einer Versöhnung führen.

*

Der Ansitz der Familie Hofer lag nahe dem Örtchen Klobenstein am Ritten auf einer kleinen Anhöhe. Einst war er ein Gutshof mit Herrenhaus und Stadel gewesen, nun war es ein rustikales Hotel und Restaurant mit traditionellem Flair. Gleich neben dem Restaurant stand ein kleines Kirchlein, von der Gartenterrasse aus schienen der Schlern, der Rosengarten und der Latemar zum Greifen nah zu sein. Als Sonja langsam auf den großen Parkplatz fuhr, verließen einige Hotelgäste in Bergkleidung gerade das Hotel.

„Guten Tag“, begrüßte sie die beiden Herren, die an der Rezeption miteinander sprachen. „Schwarz, Polizia di Stato. Ich würde gerne mit der Familie Hofer sprechen.“

„Ludwig Hofer“, antwortete der ältere der beiden freundlich. Er hatte eine angenehme Stimme, fand

Sonja. „Das ist mein Sohn Martin", stellte er den anderen vor. „Worum geht es denn?"

„Können wir das privat besprechen?", bat Sonja und erntete einen besorgten Blick von Martin.

Ludwig Hofer ging voraus. Seine imposante Gestalt gab Sonja kaum die Möglichkeit, neben ihm zu gehen. Er führte sie durch die Gänge des Hotels, vorbei an vielen Gästezimmern, und ließ Sonja im Wohnzimmer der Familie Platz nehmen. Sonja scannte kurz ihre Umgebung: Die Zimmerdecke war niedrig, in einer Ecke stand ein Kachelofen, der im Winter sicher wohlige Wärme spendete. Die Tische und Stühle waren aus massivem Holz, verziert mit Handmalereien. Ein paar Jagdtrophäen zierten die Wände. Nun verstand sie, warum Anton, der sich bisweilen in Isabella verwandelte, so gar nicht hierhergehörte. „Da, wo ich herkomme", fielen Sonja Antons Worte ein. Er hatte sie passend gewählt.

„Es geht um Ihren Sohn Anton", ergriff sie das Wort. „Er wurde gestern Nacht von einem Auto erfasst. Anton liegt im Bozner Krankenhaus auf der Intensivstation. Der Fahrer ist flüchtig. Wir müssen leider davon ausgehen, dass Anton absichtlich angefahren wurde."

Die Tür öffnete sich und eine junge Frau kam hinzu. Sie musste die jüngere Schwester sein.

„Entschuldigung, ich war noch beschäftigt", sagte sie hektisch und blickte in die Gesichter ihrer Familie. „Was ist hier los?"

„Sophie, das ist Frau Schwarz von der Polizei. Anton wurde angefahren", erklärte Martin mit belegter Stimme.

„Anton? Was? Von wem?", rief Sophie. Sie wurde blass und hielt sich an der Lehne des Sofas fest.

„Das versuchen wir herauszufinden. Hatten Sie in letzter Zeit Kontakt zu Anton?", fragte Sonja sie nun direkt.

Die Familienmitglieder blickten sich gegenseitig an. Es entstand ein Moment peinlichen Schweigens, in dem man eine Stecknadel hätte fallen hören.

„Anton hat den Kontakt zu uns abgebrochen", erklärte Ludwig Hofer und räusperte sich. Dieses Thema war ihm sichtlich unangenehm. Auch seine Haltung hatte sich verändert, er saß nun nicht mehr so aufrecht auf dem Sofa wie noch einige Minuten zuvor.

„Darf ich fragen, warum?"

Auf diese Frage erntete Sonja erneute Stille und bedrückte Gesichter, daher versuchte sie es mit einer Provokation.

„Sein Zustand ist sehr ernst. Das scheint Ihnen nicht viel auszumachen."

„Er hat sich von der Familie abgewandt. Sein Lebenswandel und unser Ruf sind nicht miteinander vereinbar", erwiderte Ludwig Hofer, sah dabei kurz Sonja an und fixierte dann einen Punkt am anderen Ende des Raumes, als ob ihm das Thema unangenehm wäre.

„Sie meinen, dass er schwul ist und als Sängerin auftritt", präzisierte Sonja und wartete auf eine Reaktion.

Diese erfolgte prompt. Ludwig Hofer stand auf, erinnerte sie mit versteinerter Miene, dass dies eine private Angelegenheit sei, und bat sie zu gehen.

„Ich bin noch nicht fertig", erwiderte Sonja bestimmt. „Ist Ihnen Marcel Wallner vom Eishockeyclub *Old Guards* bekannt? Sie haben vielleicht von seinem Tod gehört."

Martin Hofer nickte. Die anderen Familienmitglieder starrten weiterhin ins Leere.

„Herr Wallner war vor Kurzem hier im Hotel und hat sich mit jemandem getroffen. Wir haben diese Quittung bei ihm gefunden", sagte Sonja und zeigte ihm die Rechnung, die sich in einer Beweistüte befand. „Der Name des Kellners steht drauf: Marco. Mit dem würde ich gern sprechen."

Martin wusste zwar nicht, ob Marco Dienst hatte, doch immerhin zeigte er sich kooperativ und bat Sonja, ihm zu folgen. Er führte sie so schnell durch die Gänge der Hotelanlage, dass Sonja fast laufen musste, um Schritt halten zu können. Als sie gerade das Restaurant betreten wollten, kam Sophie ihnen hinterhergerannt. Sie rief nach Sonja.

„Kann ich ihn sehen? Kann ich zu Anton?", fragte sie ängstlich und starrte Sonja flehend an. Sonja nickte.

„Ja. Sein Zimmer wird bewacht, sagen Sie dem Kollegen einfach, dass er mich anrufen soll, wenn Sie da sind."

Sophie Hofer bedankte sich erleichtert. Sonja ging zu Martin, der sie bereits im Restaurant erwartete.

„Leiten Sie das Hotel schon lange?“, fragte sie ihn.

„Ich bin hier seit zwei Jahren der Geschäftsführer, meinem Vater gehört das Hotel“, erklärte Martin.

„Ich kann mir vorstellen, dass es nicht einfach ist, in die Fußstapfen Ihres Vaters zu treten.“

Martin Hofer lächelte leise und sagte, dass er hoffe, seine eigenen Fußstapfen hinterlassen zu können.

*

Im Speisesaal waren Marco und ein Hilfskoch gerade dabei, das Buffet aufzubauen und die Tische für das Mittagessen herzurichten. „Marco, Polizei für dich!“, rief Martin. Der Kellner drehte sich zu ihnen um.

Bei diesen Worten zuckte sein Kollege kurz zusammen, ließ mit einem Mal das Geschirr fallen und stürmte in Richtung Küche davon.

Sonja begriff die Situation erst nach wenigen Sekunden, dann rannte sie hinterher, stolperte über die Teller und Töpfe, die der Flüchtige mit heftigem Krach zu Boden fallen ließ, und rief ihm zu, er solle augenblicklich stehen bleiben. Doch der Hilfskoch ließ nicht mit sich reden und verschwand durch den Hinterausgang aus dem Hotel. Als Sonja den Ausgang endlich erreichte, sah sie nur noch einen Mann, der verdattert mit Helm am Boden lag und seinem Motorrad hinterherblickte, das der Koch ihm soeben entwendet hatte.

Mit resigniertem Blick half sie ihm auf und rief im Büro an, um den Angestellten des Hotels *Hofer* zur Fahndung auszuschreiben.

*

„Der Wallner von den *Old Guards*? Ja, der war hier. Er hat mir sogar ein Autogramm gegeben. Er war sehr freundlich“, erzählte Marco, während er das Besteck noch einmal polierte und dann auflegte. Die Sonne spiegelte sich darin, so sauber war es.

„Mit wem hat er sich hier getroffen?“, fragte Sonja.

„Mit einem Mann“, antwortete Marco. „Ein aalglatter Typ mit teurem Anzug und Sonnenbrille. Mitte vierzig, würde ich sagen. Ist in einem ziemlich eleganten Flitzer vorgefahren.“

Diese Beschreibung kam Sonja bekannt vor. Sie nahm ihr Handy und zeigte Marco ein Foto von Sebastian Glasner, Wallners Manager. Marco sah es nur kurz an und nickte.

„Ich habe den Mann schon öfter hier gesehen. Er isst immer nur den ersten Gang und gibt schlechtes Trinkgeld. Manchmal auch gar keins.“

„Haben Sie mitbekommen, worüber die beiden geredet haben?“, fragte Sonja.

„Die beiden haben sich gestritten, aber ich weiß nicht genau, worum es ging. Auf jeden Fall wurden sehr hohe Summen genannt. So viel habe ich verstanden“, sagte Marco.

„Wie meinen Sie das?“, fragte Sonja. „Versuchen Sie, sich genau zu erinnern.“

„Ich habe nicht alles mitbekommen, was gesagt wurde. Aber der Wallner hat gesagt, er will sein Geld zurück. Der Lackaffe ist dann weggegangen. Er war ziemlich wütend.“

Zwölf

Sonja fuhr zurück nach Bozen und begab sich auf direktem Weg ins Präsidium. Sie kam am Hotel *Luna* vorbei und dachte an Anton Hofer, der nun intubiert im Krankenhaus lag, statt hier wie fast jeden Abend als Isabella das Publikum zu verzaubern. Ein sensibler, einsamer, unverstandener junger Mann, von der eigenen Familie im einundzwanzigsten Jahrhundert verstoßen – sie konnte kaum fassen, dass es heute noch solch engstirnige Menschen gab. Gut, dass er hier in der Landeshauptstadt zumindest eine Arbeit gefunden hatte, die ihm Spaß machte, und dass er anscheinend auch die richtigen Freunde um sich hatte. Natürlich war es nicht einfach für traditionell denkende Menschen, einen schwulen Sohn zu akzeptieren. Man konnte ja auch niemanden dazu zwingen, die Meinung oder sexuelle Neigung des anderen zu teilen, doch man sollte sie zumindest respektieren, fand Sonja. Und die Geschwister? Hätten Sophie und Martin nicht versuchen können, ihn zu unterstützen? Sie schienen doch modern eingestellte junge Menschen zu sein. Nun, Sophie war bestimmt ein wenig schüchtern, aber sie schien ihren Bruder sehr zu mögen, da sollte sie ihm doch beistehen. Und nun hatte dieser talentierte, ausgestoßene Mann auch noch seine große Liebe verloren.

*

„Guten Abend“, begrüßte Sonja ihre Kollegen, als sie wenige Minuten später ihr Büro betrat. Sie drückte auf das Knöpfchen der Espressomaschine, die mit einem vertrauten Zischen und intensivem Kaffeeduft reagierte. Dann nahm sie die Tasse mit zu ihrem Schreibtisch. Peter Kerschbaumer blickte auf und erklärte ihr, dass die Fahndung nach dem flüchtigen Fazil Aissani bereits lief.

„Danke, Herr Kerschbaumer. Wird seine Wohnung überwacht?“, fragte sie und pustete in ihren Kaffee, damit er schneller abkühlte.

„Das wird nicht viel bringen. Die Adresse, die er im Hotel angegeben hat, gibt es überhaupt nicht“, sagte Peter Kerschbaumer.

Sonja blickte ihn verständnislos an.

„Ich verstehe es nicht“, schaltete sich nun Jonas ein, der zuvor an seinem Computer beschäftigt gewesen war. „Was hat dieser Koch mit Wallner zu tun?“

Sonja wusste keine Erklärung.

„Keine Ahnung“, sagte sie hilflos. „Wallner hat sich jedenfalls am Montag mit seinem Manager im Hotel getroffen und es gab einen Streit, bei dem es um Geld ging.“

„Ich kann es immer noch nicht glauben", sagte Peter Kerschbaumer plötzlich nachdenklich. „Es ist so seltsam, dass der Wallner, also …", dann fuhr er stockend fort, „… dass er schwul war. Ich meine, er war doch verheiratet und hat ein Kind. Das passt nicht zusammen."

Jonas' entsetzter Blick, den er seinem Vater zuwarf, entging Sonja nicht.

„Papa, in welchem Jahrhundert lebst du?", fragte er.

„Kennen Sie die Familie Hofer?", fragte Sonja schnell, um die Wogen zwischen Vater und Sohn zu glätten. Meinungsverschiedenheiten, die den Fall betrafen, waren ja in Ordnung. Doch hier ging es um persönliche Einstellungen, die nicht an den Arbeitsplatz gehörten.

„Das Hotel *Hofer* gehört zu den ältesten Hotels hier in der Umgebung. Es ist schon seit sechs Generationen im Familienbesitz. Da wird viel Wert auf Tradition gelegt", entgegnete Peter Kerschbaumer in seiner gewohnt ruhigen Art. Nun störte diese Sonja allerdings auch und sie konnte sich ein abfälliges „Tradition" nicht verkneifen.

„Tradition ist eine gute Sache", entgegnete Kerschbaumer.

„Hexenverbrennung war auch mal Tradition", konterte sie.

Nun war es Jonas, der die Stimmung zwischen ihnen rettete.

„Capo, ich habe die Bilder der Überwachungskamera“, sagte er laut.

Sonja und Peter gingen zu Jonas’ Schreibtisch und blickten ihm über die Schulter.

„Die Qualität ist nicht gut. Die Kamera stammt von einem Bankautomaten“, merkte Jonas an.

Der Film auf dem Bildschirm zeigte mehrere Autos, die an der Kamera vorbeifuhren. Ihre Kennzeichen waren nicht zu erkennen. Jonas wartete einige Sekunden ab und stoppte dann die Aufnahme.

„Der hier, der muss er sein. Der Wagen ist vorbeigefahren, kurz bevor Anton angegriffen wurde. Die Richtung, aus der er kommt, stimmt.“

Sonja atmete hörbar aus. Sie konnten gerade mal erkennen, dass es ein dunkler Wagen war, aber weder das Kennzeichen, geschweige denn den Fahrer identifizieren.

„Das hilft uns nicht weiter“, sagte sie enttäuscht. „Gibt es dort sonst nirgendwo Kameras?“

Peter und Jonas schüttelten gleichzeitig den Kopf und gaben einen Schnalzlaut von sich, den Sonja nur aus Südtirol kannte. Sie sah die beiden an und schmunzelte – zwar waren sie in ihren Ermittlungen nicht vorangekommen, doch zumindest schien der abteilungsinterne Haussegen wieder gerade zu hängen.

„Jonas, schick das Band in die KTU, vielleicht können die was damit anfangen“, bat Sonja.

„Der Provider hat die Anrufliste von Marcel Wallners Handy geschickt“, sagte Peter Kerschbaumer, der nun wieder an seinem Schreibtisch saß. Er gab Sonja den Ausdruck, sie überflog ihn. Ihr Kollege hatte einige Nummern rot umkreist, es war jedes Mal dieselbe.

„Von dieser Nummer wurde Wallner mehrfach in den Tagen vor seinem Tod angerufen. Die ist vorher nie aufgetaucht", erklärte er.

*

Markus Klinger starrte mit seinen tief liegenden Augen ins Leere, als Sonja den Vernehmungsraum betrat. Er war blass, sein kantiges Gesicht war ausgemergelt. Seine blonden Locken lagen flach an seinem Kopf. So viele traurige Gestalten, schoss es Sonja durch den Kopf, und sie selbst war eine von ihnen.

„Sie haben also nicht gewusst, wer der Neue in Antons Leben ist", begann sie die Unterredung mit dem jungen Bauern. Er starrte weiter vor sich hin, Sonja erkannte seine Wut, seine Trauer und seine Enttäuschung. Sie zog die Anruferliste aus der grauen Aktenmappe und schob sie ihm hin. In der Stille des Vernehmungsraumes war das Rascheln des Papiers das lauteste Geräusch, sie empfand es fast als unangenehm.

„Das ist die Anrufliste von Marcel Wallners Handy. Kennen Sie diese Nummer?"

„Das ist meine", flüsterte Klinger, nachdem er das Papier kurz überflogen hatte.

„Sie haben Marcel Wallner in der letzten Woche sechs Mal angerufen. Was wollten Sie denn so Dringendes mit ihm besprechen?"

Sonja sah ihm bei dieser Frage direkt in die Augen. Als er antwortete, weiteten sich seine Augen nicht. Er sagte also die Wahrheit.

„Ich war im *Luna*. Jeden Abend. Ich habe Anton, also Isabella, beim Singen zugesehen. Als er fertig war, bin ich ihm hinterhergegangen. Ich wollte einfach wissen, wer der neue Typ ist und warum Anton so ein Geheimnis draus macht. In der Umkleide habe ich dann gesehen, dass bereits ein Mann auf ihn gewartet und ihn umarmt hat. Er hat gesagt, er habe den ganzen Tag auf ihn gewartet, und dass er an nichts anderes denken könne. Anton hat sich richtig an ihn geschmiegt und gesagt, dass er das Lied nur für ihn gesungen habe. Dann hat der andere vorgeschlagen, zum See zu fahren."

„Haben Sie Wallner erkannt?", fragte Sonja.

Klinger nickte. „Wer kennt den Wallner nicht?"

„Was haben Sie gemacht, nachdem Sie die beiden gesehen haben?"

Markus Klinger sah sie an. Sein Blick war nun nicht mehr so leer, er schien das Erlebte noch einmal vor seinem inneren Auge zu sehen.

„Ich bin ihnen nachgefahren. Ich habe sie am See beobachtet, sie sind baden gegangen. Sie waren sehr innig miteinander beschäftigt, haben sich gestreichelt und von einem gemeinsamen Leben geträumt. Andererseits hatte Wallner wohl Angst, sein Zuhause und seine Familie zu verlassen. Als er zu Anton gesagt hat, dass dies auch seine Heimat sei, hat Anton gemeint, es sei keine Heimat, sondern eine Falle. Und dann haben sie sich geküsst."

„Das muss sehr schwer für Sie gewesen sein", sagte Sonja mitfühlend. „Aber anstatt die beiden zur Rede zu stellen oder zu akzeptieren, dass Ihre Beziehung vorbei ist, hatten Sie eine andere Idee. Sie dachten, Sie könnten Wallner unter Druck setzen. Ihm drohen, seine Beziehung mit Anton öffentlich zu machen, wenn er sie nicht beendet. Deswegen haben Sie ihn angerufen."

„Ich wollte doch nur, dass er Anton in Ruhe lässt", sagte Klinger plötzlich in einer unerwarteten Heftigkeit. „Der hatte doch alles! Geld, Haus, Frau, Kind, einfach alles!"

„Und das hätte er alles verlieren können. Hat Wallner mit Ihnen geredet?", fragte Sonja nun auch etwas lauter.

Klinger schüttelte den Kopf.

„Haben Sie nur versucht, ihn anzurufen, oder wollten Sie ihn auch treffen? Vorgestern Abend vielleicht? Nach dem Training?"

„Ich habe Ihnen doch gesagt, wo ich an dem Abend war", verteidigte Klinger sich. Er schwitzte.

„Ja, aber leider gibt es niemanden, der das bestätigen kann. Sie waren wütend und ich habe gesehen, wie leicht bei Ihnen die Sicherungen durchbrennen. Ich sage Ihnen, was passiert ist. Nach dem Streit mit Anton in der Bar sind Sie zur *Eiswelle* gefahren, haben gewartet, bis alle weg sind, haben Marcel zur Rede gestellt, es kam zum Streit und dann …"

„Nein", rief Klinger, „ich hab dem Wallner nichts getan!"

Sonja wurde wieder ruhig und blickte ihr Gegenüber ernst an. Nun wurde auch er wieder leise und heftete seinen Blick auf den Tisch.

„Ich glaube, ich brauche einen Anwalt", beschloss er. Dann hüllte er sich wieder in Schweigen.

Sonja verließ den Verhörraum und betrat das Büro, das sie sich mit Jonas und Peter Kerschbaumer teilte. Klinger war jähzornig, wütend und verletzt, doch Wallners Mörder war er nicht.

Und er war auch nicht der Typ, der kaltblütig den eigenen Ex-Freund überfuhr. Eher würde er sich vermutlich selbst etwas antun. Dennoch, erklärte sie Jonas, sah es nicht gut für ihn aus. Er hatte schließlich ein Motiv, kein Alibi und konnte sich auch nur schlecht kontrollieren.

„Aber wieso sollte er dann Anton überfahren? Der einzige Sinn, Wallner umzubringen, wäre doch, dass er dann wieder mit Anton zusammen sein kann", entgegnete Jonas.

„Nur, wenn es bei beiden derselbe Täter war. Aber auch das wissen wir nicht."

Jonas nickte. In diesem Moment klingelte Sonjas Handy, sie nahm ab, hörte kurz zu und griff nach ihrer Jacke.

„Sie haben den flüchtigen Hilfskoch aus dem Hotel *Hofer* aufgegriffen. Los!“, rief sie und stürmte aus dem Büro.

*

Sonja stellte das Blaulicht auf das Autodach, schaltete die Sirene ein, hupte einige uneinsichtige Radfahrer an den Straßenrand und rauschte aus der Stadt hinaus in Richtung der Rittnerstraße, wo sie den Flüchtigen aufgegriffen hatten. Besonders lange mussten sie und Jonas nicht fahren, der Hilfskoch hatte den größten Teil der Strecke auf dem gestohlenen Motorrad zurückgelegt und war ihnen ein gutes Stück des Weges entgegengekommen. Schon von Weitem sahen sie einen Polizeiwagen und zwei uniformierte Kollegen, die an der Straße in Richtung des Bozner Stadtteils Rentsch standen. Das Motorrad war am Straßenrand geparkt.

„Wir haben gerade die Meldung reinbekommen, da ist er an uns vorbei. Er hat keine Papiere dabei, aber die Beschreibung passt“, erklärte einer der Beamten.

Sonja sah zu dem jungen Mann hinüber, den der zweite Beamte am Oberarm festhielt. Warum hatten sie ihm keine Handschellen angelegt?, schoss es ihr durch den Kopf. Dennoch dankte sie den Kollegen und lobte sie für ihre Aufmerksamkeit.

Als hätte sie es geahnt, griff sich der junge Mann plötzlich die Waffe des anderen Polizisten, der ihm einen kurzen Moment lang den Rücken zugewandt hatte. Keiner von ihnen konnte so schnell eingreifen, wie er die Waffe entsichert und auf den Polizisten gerichtet hatte, der zwar ruhig blieb, aber kreidebleich wurde.

„Restez en arrière", rief Fazil auf Französisch. „Zurück!"

Sonja, Jonas und der zweite Polizist griffen gleichzeitig zu ihren Waffen und hielten sie auf den jungen Mann gerichtet. Fazil ging einen Schritt zurück und fuchtelte mit der Pistole zwischen ihnen herum. Ihm war klar, dass die anderen in der Überzahl waren.

„Fazil, lassen Sie das", sagte Sonja ruhig. „Sie haben doch keine Chance. Selbst wenn Sie einen von uns erschießen, nützt Ihnen das doch nichts. Sie machen es nur schlimmer."

„Wir sind zu viert", sagte Jonas. „Sie kommen hier nicht mehr weg."

Fazil trat noch einen Schritt zurück, dann nahm er die Waffe hoch und hielt sich den Lauf an die Schläfe. Er schwitzte, seine Hand zitterte heftig. Seine dunklen Augen waren riesig.

„Nein, Fazil, nicht!", rief Sonja und fixierte ihn mit dem Blick. „Niemand will Ihnen etwas tun. Geben Sie mir die Waffe, Fazil! Bitte!"

Es dauerte noch einige wenige Sekunden, dann sah der Hilfskoch ein, dass er gegen die vier Polizisten machtlos war und all das keinen Sinn hatte. Er ließ die Waffe sinken, Jonas ging langsam auf ihn zu und nahm sie ihm ab. Dann legte er ihm Handschellen an.

*

„Woher kommen Sie, Fazil? *D'où venez-vous?*", fragte Sonja den jungen Nordafrikaner, als sie ihm eine halbe Stunde später im Vernehmungsraum gegenübersaß. Der Mann schwitzte vor Angst. Mit ihren geringen Französischkenntnissen versuchte Sonja, ihm ein wenig Vertrauen zu vermitteln.

„*Algérie.* Algerien", sagte er leise und blickte sie mit seinen großen, braunen Augen an.

„Wie lange sind Sie schon in Bozen?"

„Ein Jahr", antwortete er und widmete sich nun eingehend der Betrachtung seiner Fingernägel.

„Sie haben keine Arbeits- oder Aufenthaltserlaubnis und die Wohnadresse, die Sie im Hotel *Hofer* angegeben haben, ist falsch. Wo wohnen Sie jetzt? Hat Martin Hofer Sie in Bozen untergebracht? Wie viel verdienen Sie im Hotel?"

Auf keine der Fragen, die Sonja ihm stellte, erhielt sie eine Antwort. Der Hilfskoch hüllte sich in minutenlanges Schweigen. Dann öffnete er langsam den Mund und brachte heraus, dass sein Lohn gerade einmal drei Euro pro Stunde betrage.

„Warum haben Sie Ihre Heimat verlassen?", fragte Jonas nun, nachdem er und Sonja einen Blick ausgetauscht hatten.

„Was soll ich da?", fragte Fazil nun plötzlich mit einem französischen Akzent. „Es gibt keine Arbeit. Niemand will da bleiben."

„Wie viele arbeiten wie Sie im Hotel *Hofer*? Mit diesem Hungerlohn?", fragte Sonja. Von wegen Traditionsunternehmen, dachte sie. Sie beuten verzweifelte ausländische Arbeitssuchende aus, sonst gar nichts.

„Wir sind viele", sagte Fazil leise. „Wir arbeiten in der Küche, der Wäscherei, auf dem Weinberg …"

Sonja griff nach ihrem Tablet und gab die Adresse des Hotels in eine Suchmaschine ein. Dann tippte sie auf die Karte und hielt Fazil das Tablet hin.

„Zeigen Sie mir, wo Sie wohnen. Bitte."

Fazil zögerte einen Augenblick, studierte die Karte und tippte dann mit einem Finger darauf. Sonja bedankte sich.

„Ich will keinen Ärger", sagte er mit krächzender Stimme und dem Blick eines geprügelten Hundes. „Muss ich wieder zurück? Kann ich weiter dort arbeiten? Wenn ich da nicht arbeite, wo dann? Wo soll ich denn hin?"

„Ich kann Ihnen nichts versprechen", sagte Sonja, „aber wir tun unser Bestes, um Ihnen und Ihren Kollegen zu helfen."

Dreizehn

Ludwig Hofer konnte und wollte es einfach nicht fassen. Er sah noch einmal die Papiere durch, die Sebastian Glasner ihm vorgelegt hatte. Für diesen Spottpreis sollte er sein Hotel verkaufen? Das konnte doch nicht sein Ernst sein.

„Und? Was halten Sie davon? Es ist ein gutes Geschäft. Den Preis zahlt sonst keiner, das können Sie mir glauben", sagte Glasner nun.

Ludwig Hofer ließ die Papiere sinken und sah Wallners Manager entgeistert an. „Wissen Sie, wie lange das Hotel schon im Familienbesitz ist? Seit sechs Generationen!"

„Und jetzt steht es kurz vorm Konkurs", antwortete Glasner und fuhr sich durch das kurze Haar. „Seien wir doch mal ehrlich, Herr Hofer, das Haus hat seine besten Jahre lange hinter sich. Die Leute wollen heute was anderes, was Modernes. Und Geld für die Renovierung ist keines da, das weiß ich von der Bank. Ich würde zuschlagen, solange es noch geht. Der Käufer bietet Ihnen an, den Namen weiterzuführen."

Ludwig Hofer kochte innerlich, dieses Angebot war an Lächerlichkeit kaum zu überbieten. Er nahm die

Papiere wieder auf, zerriss sie und legte die Schnipsel demonstrativ auf den Tisch.

„Es gibt kein Hotel *Hofer* ohne die Familie Hofer", knurrte er und verschränkte seine Arme. Glasner lächelte süffisant.

Ludwigs Sohn Martin betrat die Terrasse und ging langsam auf seinen Vater zu. Er sah Glasner kurz an und begrüßte ihn mit einem knappen Nicken, das dieser nicht erwiderte.

„Papa, Herr Senholzer checkt aus und will sich persönlich von dir verabschieden."

„Natürlich", sagte Ludwig Hofer knapp und stand auf, um Martin zur Rezeption zu folgen. Martins Blick fiel auf das zerrissene Papier, das Glasner gerade in seine Aktentasche stecken wollte. Ludwig Hofer antwortete mit einem Kopfschütteln und ließ seinen Sohn verstehen, dass das gerade nicht der richtige Moment für Erklärungen sei.

*

Sonja parkte ihren Wagen so vor dem Hotel *Hofer*, dass sie die gesamte Ausfahrt versperrte. In den kommenden Minuten würde niemand das Hotel mit dem Auto verlassen können. Sie wartete einige Sekunden, bis sie die Sirenen der anderen Streifenwagen hörte und stieg dann gemeinsam mit Jonas aus. Schnell gingen sie zur Rezeption, einige Hotelgäste reckten ihre Hälse und sahen sich erschrocken um. Auch die Rezeptionistin war blass geworden, als plötzlich zehn uniformierte und bewaffnete Polizisten vor ihrem Tresen standen.

„Da geht's zum Restaurant und zur Küche, das Büro ist hier lang", wies Sonja ihre Kollegen an. Sie gingen voraus, Sonja folgte ihnen in die hinteren Räumlichkeiten des Hotels. Keine drei Minuten später waren auch Ludwig Hofer und sein Sohn Martin da, sie starrten Sonja entrüstet an.

„Was machen Sie denn da? Was soll das?", rief Ludwig Hofer aufgebracht. Sein Gesicht war rot vor Zorn.

Sonja ging einen Schritt auf seinen Sohn Martin zu, der mit erschrockener Miene in der Tür stand.

„Das ist ein Durchsuchungsbeschluss der Staatsanwaltschaft", erklärte sie und hielt ihm ein Blatt Papier hin.

„Das ist unglaublich", rief dieser. „Hier passiert nichts Illegales!"

„Dann müssen Sie sich ja keine Sorgen machen, Herr Hofer."

„Wir sind ein Traditionshaus", fuhr Ludwig Hofer sie nun an. „Haben Sie eine Ahnung, wie so eine Aktion unserem Ruf schaden kann?"

„Ebenso wie illegal Arbeiter zu beschäftigen", konterte Sonja. „Hat das bei Ihnen etwa auch Tradition?"

Nun drehte Ludwig Hofer sich zu seinem Sohn um. Offenbar wusste er tatsächlich nichts von den heimlichen Machenschaften seines Sohnes.

„Ist das wahr, was sie sagt?", fuhr Hofer ihn an.

„Wir haben gesehen, wo Sie Ihre Angestellten unterbringen", erklärte Sonja mit ruhiger Stimme. Dann nahm sie einige Fotos aus der mitgebrachten Akte und warf sie auf den Tisch. Der Seniorchef betrachtete ungläubig die Fotos, die die Wellblechbehausungen und Baracken seiner Angestellten zeigten.

„Du sagst besser nichts mehr, Martin", befahl er seinem Sohn, „ich verständige unseren Anwalt." Dann wandte er sich an Sonja. „Und Sie werden noch von mir hören. Ich kenne Ihren Chef persönlich", versuchte er, ihr zu drohen.

Sonja ließ es kalt.

„Grüßen Sie ihn von mir", antwortete sie knapp und bat dann Martin, ihr zu folgen.

„Das kommt überhaupt nicht infrage, Martin bleibt hier", rief Ludwig Hofer nun.

„Oh doch, Herr Hofer", sagte Sonja spitz und ließ den Hotelbesitzer im Chaos des durchsuchten Arbeitszimmers stehen. „Ihr Sohn wird uns einige Fragen beantworten müssen. Und zwar alleine."

Vierzehn

„Herr Hofer, Sie haben das Hotel vor zwei Jahren von Ihrem Vater übernommen“, begann Sonja das Verhör, als sie und Jonas dem Hotelmanager gegenübersaßen. Er war sichtlich nervös und fuhr sich immer wieder durch die Haare.

„So wie es aussieht, steckt das Hotel in den roten Zahlen. Sie haben eine Menge Leute entlassen. Ein paar davon haben jahrelang für Ihren Vater gearbeitet. Die Stellen wurden dann mit ausländischen Arbeitern nachbesetzt, aus Afrika und Osteuropa. Die muss man nicht anmelden oder ihre Krankentage bezahlen. Zur Polizei geht auch keiner, weil sie Angst haben. Wenn sich einer beschwert, wird er ganz schnell nach Hause geschickt. Wir hier bei der Polizei nennen das Ausbeutung.“

Martin Hofer sah Sonja wie ein beleidigter Bub an. Seine Mundwinkel zogen sich nach unten, seine Kiefer waren angespannt.

„Ich verstehe schon, ich soll jetzt als Sündenbock herhalten.“

Sonja musste fast lachen.

„Als Sündenbock? Für wen bitte?“

„Für das, was die Politik versäumt hat", versuchte Martin Hofer sich zu erklären. „Ich passe mich den Bedingungen des Marktes an. Wir können heute keine Löhne mehr bezahlen wie vor dreißig Jahren. Dann überleben wir nicht."

Sonja schüttelte den Kopf. Was war das für eine Ausrede?

„Sie finden also nicht, dass Sie irgendwas falsch gemacht haben?"

„Ich habe getan, was nötig war. Ansonsten wäre unsere Tradition gestorben."

Sonjas Geduld war am Ende. Sie entwickelte eine heftige Aversion gegen das Wort „Tradition". Sie stand auf und ging im Vernehmungsraum umher, um sich zu beruhigen.

„Tradition", schnaubte sie, „ich kann's langsam nicht mehr hören. Wir haben uns angesehen, wie Sie Ihre Angestellten untergebracht haben. Ich bringe Sie gerne hin und lasse Sie da mal ein paar Tage lang hausen. Dann wissen Sie, wie es sich anfühlt, ganz unten zu sein und von einem Stundenlohn in Höhe von drei Euro leben zu müssen."

„Sollten Sie nicht rausfinden, wer versucht hat, meinen Bruder umzubringen?", fragte Hofer nun.

„Versuchen Sie nicht, das Thema zu wechseln, Herr Hofer. Wusste Anton von den Zuständen im Hotel? Ihr als seine Familie seid ja nicht gerade freundlich mit ihm umgegangen. Da wäre es doch verständlich, wenn er sich revanchiert und mit seinem Wissen zu den Behörden geht. Vielleicht hätte er sich zumindest von seinen Geschwistern etwas mehr Unterstützung gewünscht."

„Wollen Sie mir jetzt auch noch einen Mordversuch anhängen?", fragte Hofer nun mehr erbost als genervt. „Sie wissen nichts über unsere Familie. Sie sind ja nicht mal von hier."

Sonja biss sich auf die Zunge, um keinen Kommentar abzugeben, den sie später vielleicht bereuen würde. Als Hofer dann auch noch die Frechheit besaß, zu fragen, ob er nun endlich gehen dürfe, verließ Sonja den Raum und drehte sich ein letztes Mal zu ihm um.

„Das entscheidet der Staatsanwalt", sagte sie. „Und ich glaube nicht, dass der so schnell Zeit für Sie findet. Das ist in unserem Hause so Tradition."

*

Sonja bemerkte einen kleinen Tropfen auf ihrer Stirn und sah nach oben. Dunkle Wolken waren aufgezogen, das Wetter schlug hier in Südtirol oft schnell um. Sie sah sich kurz auf dem Parkplatz um und ging in Richtung des Eingangs zur *Eiswelle.* Sie erkannte Sebastian Glasner, der gerade einen kleinen Blumenstrauß zu den vielen Fotos von Wallner, den Beileidsbekundungen und Fanartikeln legte, die die trauernden Menschen hier abgelegt hatten, um ihres Stars zu gedenken. Anscheinend war Wallner in der Öffentlichkeit sehr beliebt gewesen, ganz anders als in seiner Mannschaft.

„Herr Glasner?“, fragte Sonja.

Glasner hob den Kopf und sah sie an.

„Er hat den Menschen hier so viel bedeutet“, antwortete er mit seiner tiefen, markanten Stimme. Er sprach sehr langsam, fast schien es, als würde er jedes einzelne Wort überdenken.

„Und Ihnen auch“, sagte Sonja.

„Niemand stand mir näher als er“, antwortete Glasner nachdenklich.

„Trotzdem gab es am Montagnachmittag Streit im Hotel *Hofer*. Worum ging es dabei?“

Glasner sah sie überrascht an.

„Einer der Kellner hat ausgesagt, dass Sie sich gestritten haben.“

Glasner legte seine Stirn in Runzeln. Vermutlich, dachte Sonja, überlegt er gerade, ob ich bluffe.

„Es ging um den Vertrag“, antwortete Glasner und erhob sich. „Marcel wollte, dass ich mehr Geld raushole. Ich habe Marcel gesagt, er soll nicht zu hoch pokern, sonst sitzt er am Ende ohne Vertrag da. Aber er war eben ein Sturkopf.“

„Bei dem Streit ging es nicht darum, dass Sie Geld von ihm unterschlagen haben?“, hakte Sonja nach.

Glasner starrte sie ungläubig an.

„Sie haben ja selbst gesagt, dass Wallner es mit Zahlen nicht so hatte. Herr Glasner, in diesen Minuten sind meine Kollegen dabei, Ihr Büro zu durchsuchen. Wir werden uns Ihre Bücher und Konten vornehmen und ich verspreche Ihnen, wenn es da Unregelmäßigkeiten gibt, werden wir sie finden. Unterschlagung ist kein Kavaliersdelikt. Es wäre besser für Sie, wenn Sie mir jetzt die Wahrheit sagen."

„Es war nicht viel, okay?", versuchte er sich zu rechtfertigen. „Ich habe ein bisschen was abgezweigt, kaum der Rede wert."

Sonja legte den Kopf schief. „Marcel hat es aber trotzdem bemerkt. Und er hat Ihnen gedroht, zur Polizei zu gehen, wenn Sie das Geld nicht zurückzahlen."

„Ich hätte es ihm ja zurückgezahlt", meinte Glasner kleinlaut.

„Womit hat er Ihnen noch gedroht?", fragte Sonja.

„Er wollte mir kündigen. Ich habe ihn aber daran erinnert, dass er ohne mich überhaupt nichts mehr zu melden hat. Schließlich hatte ich ihm die ganzen Jobs besorgt, seine Verträge verhandelt, für ihn gelogen und seine ganzen Scheißlaunen ausgehalten."

„Was meinte er dazu?"

„Er sagte, dass er mir überhaupt nichts schuldig sei, dass er mich hiermit entlassen werde und dass er innerhalb des nächsten Tages sein Geld zurückwolle. Dann ist er abgezischt."

„Sie konnten seine Affäre nicht öffentlich machen, ohne sich selbst zu belasten. Wo waren Sie eigentlich am Abend des Mordes nach zweiundzwanzig Uhr?"

„Im Büro. Ich habe die Steuer gemacht. Die ganze Nacht. Sie können meine Assistentin fragen."

Sonja nickte und ließ den finster dreinschauenden Glasner im Regen und mitten in der Blumenpracht stehen.

Fünfzehn

Sophie Hofer ging durch den langen Flur des Bozner Krankenhauses. Sie fühlte sich wie ein unartiges Kind, das aus dem Elternhaus ausgebüxt war und mit einer schlimmen Strafe rechnen musste, sobald es nach Hause zurückkehrte. Genau wie damals, als sie sich als Dreizehnjährige einmal herausgenommen hatte, von der Schule nicht auf direktem Wege nach Hause zu kommen, weil sie eine schlechte Note in Mathematik bekommen hatte.

Sie konnte sich noch ganz genau an ihre Angst erinnern, als der Lehrer die Hefte in der Klasse verteilte. Immer war Sophie eine gute Schülerin gewesen, artig, fleißig, pünktlich, nie hatte sie schlechte Noten bekommen. „Ich hoffe, das war ein Ausrutscher", sagte er und händigte ihr mit einem aufmunternden Lächeln das Heft aus. Die Mathematikprüfung fand an einem Dienstag statt, das wusste Sophie noch genau. An jenem Dienstag, als sie auf dem Weg zur Schule ihrem Schwarm begegnete. Sie sah ihn auf dem Schulhof, das Herz schlug ihr bis zum Hals. Und doch nahm sie ihren ganzen Mut zusammen und ging auf ihn zu. Er drehte sich zu ihr um, warf ihr einen Blick zu und widmete sich dann wieder seinen Freunden. Sie blieb stehen und starrte ihn an, wie versteinert, mit heftig klopfendem Herzen. Dann begannen seine Freunde zu lachen, der Junge, in den sie so verliebt war, ebenso. „Was ist denn, bist du festgefroren?“, rief er. Plötzlich erwachte sie aus ihrer Erstarrung, ihr fiel keine Antwort ein und sie rannte davon. Den ganzen Vormittag versuchte sie, die Tränen zu unterdrücken, vermasselte ihre Mathearbeit, für die sie so fleißig gelernt hatte, und verzog sich nach der Schule auf ihr Zimmer, um endlich zu weinen.

Die Note fiel natürlich schlecht aus, schließlich hatte sie keine einzige Aufgabe richtig gelöst. Sie traute sich nicht nach Hause und blieb bis zum späten Nachmittag bei einer Freundin. Dann sah sie durch das Fenster den Wagen ihres Vaters. Er klingelte an der Haustür. Sophie stellte sich, wie eine Gefangene steckte er sie in den Wagen und brachte sie wortlos nach Hause. Unter Tränen beichtete sie ihre schlechte Note, den Grund dafür behielt sie für sich. Ihr Vater war wütend, ihre Mutter verständnislos. Ihr Bruder Martin ging der Familie an diesem Abend aus dem Weg. Nur Anton tröstete sie; ihm konnte sie alles erzählen. Er war immer für sie da gewesen. Nur sie hatte sich nie so richtig für ihn einsetzen können. Den Streit in ihrem Haus nach seinem Outing würde sie nie im Leben vergessen. Noch viel schlimmer war, dass sie, Sophie, nicht den Mut aufgebracht hatte, ihren Bruder zu verteidigen und zu unterstützen, als er es am dringendsten gebraucht hätte.

Sophie schüttelte den Gedanken ab. Sie war nicht nachtragend, aber diese kleine Episode ihres Familienlebens war beispielhaft. Nun musste sie an den furchtbaren Streit mit ihren Eltern denken, als sie ihnen eröffnete, dass sie in Florenz studieren wolle. Was ihr denn einfalle, hatte ihr Vater gebrüllt, und ob das ihr Dank für all seine Opfer sei. Sie hatte ihm die Stirn geboten und dann doch wieder klein beigegeben. Nun war sie nicht mehr traurig, sondern vielmehr wütend wegen ihrer eigenen Schwäche und Nachgiebigkeit.

Sie ging weiter, den Gang des Krankenhauses entlang, und suchte nach dem Raum, in dem Anton lag. Dann entdeckte sie einige Meter weiter einen uniformierten Beamten, der ein wenig gelangweilt vor einem Zimmer saß.

Sie ging langsam auf ihn zu. Er sah freundlich zu ihr auf.

„Ich möchte zu meinem Bruder", sagte sie leise. „Bitte rufen Sie Capo Commissario Schwarz an."

„Können Sie sich ausweisen?", fragte er und stand langsam auf.

Sophie nahm ihren Ausweis aus der Tasche. Der Polizist nahm ihn an sich, griff nach seinem Handy und telefonierte kurz. Dann legte er auf, nickte, gab ihr den Ausweis zurück und ließ Sophie eintreten.

Antons Anblick war schockierend. Sophie versuchte, die Tränen zu unterdrücken, doch dann schluchzte sie laut auf und tastete nach der Hand des Schlafenden. Kühl und kraftlos lag sie in ihrer. Nie war ihr aufgefallen, was für feine, weiche Hände Anton hatte. Wie lange hatte sie ihn nicht mehr gesehen – waren es Monate oder bereits Jahre? Sophie wusste es nicht mehr. Wie in einem Anflug von Panik ließ sie Antons Hand los und verließ beinahe fluchtartig das Krankenzimmer.

Gerade als sie den Gang betrat und noch immer weinend nach dem Ausgang suchte, kam ihr die Kommissarin entgegen. Sie blieb vor Sophie stehen und fragte sie freundlich, ob sie einen Moment Zeit habe. Dann reichte sie ihr ein Taschentuch und legte tröstend ihre Hand auf Sophies rechte Schulter.

*

Die beiden Frauen hatten das Krankenhaus verlassen und sich auf eine freie Parkbank gesetzt, um miteinander zu sprechen. Sophie atmete tief durch, die frische Luft tat ihr gut. Auch die Anwesenheit von Kommissarin Schwarz war ihr nicht unangenehm, sie schien eine vertrauenswürdige und einfühlsame Person zu sein.

„Ich hätte ihn beschützen müssen. Das werde ich mir nie verzeihen“, sagte Sophie und kämpfte erneut gegen ihre Tränen an.

„Es ist nicht Ihre Schuld, was passiert ist", tröstete Sonja sie.

„Wir hatten einen Pakt, Anton und ich. Vor vier Jahren haben wir uns geschworen, gemeinsam zu gehen. Weg von den Eltern, dem Hotel … diesem *Gefängnis*", erzählte Sophie mit tränenerstickter, trotziger Stimme.

Sonja nickte. „Anton ist gegangen."

„Ich konnte nicht. Ich habe es einfach nicht geschafft. Und ich habe es auch nicht geschafft, ihn zu verteidigen. Für meine Eltern ist er gestorben."

„Sie sind die Einzige aus Ihrer Familie, die Anton bislang besucht hat", sagte Sonja. „Wie kann der Unfall Ihre Eltern so kaltlassen?"

„Meine Eltern haben sehr eigene Vorstellungen davon, wie eine heile Familie auszusehen hat. Und in dieses Bild passt Anton so ganz und gar nicht hinein."

„Sie meinen, wer sich nicht an die Regeln hält, gehört nicht mehr zur Familie. Die sogenannte Tradition …", versuchte Sonja zu verstehen.

„So ungefähr. Deswegen führt mein Bruder Martin das Hotel, obwohl er damit total überfordert ist. Es ist nun mal der Sohn, der die Geschäfte übernimmt. Nicht die Tochter. Die wird am besten verheiratet."

Sonja glaubte, nicht richtig zu hören. In welchem Jahrhundert lebte diese Familie?

„Aber dazu gehören immer zwei Parteien", sagte sie. „Die einen, die die Regeln machen, und die anderen, die mitspielen."

„Ich habe einen Studienplatz bekommen", erzählte Sophie. „Vor vier Jahren hätte ich an der Universität Florenz beginnen können, Möbeldesign zu studieren. Schon als kleines Mädchen habe ich dauernd mein Kinderzimmer umgeräumt und Sachen gebaut. Meine Eltern fanden, das sei was für Männer. Sie haben gesagt, wenn ich gehe, werden sie mich nicht mehr unterstützen. Weder finanziell noch sonst irgendwie."

Sonja versuchte ruhig zu bleiben. Innerlich kochte sie bei dem, was sie gerade von dieser jungen Frau hörte. Die Hofers hatten ihrer eigenen Tochter den Weg zu einer großartigen Karriere verbaut.

„Also sind Sie geblieben."

„Die einen machen die Regeln, die anderen spielen mit", wiederholte sie, „genau so, wie Sie es gerade selbst gesagt haben", bestätige Sophie.

„Aber Anton spielte nicht mit."

„Ich habe immer gedacht, ich müsste auf ihn aufpassen. Aber im Grunde ist er viel stärker als wir alle zusammen."

Sonja nickte und sah Sophie in die Augen. Die Traurigkeit über Antons Zustand war der Wut auf ihre Eltern und der Enttäuschung über ihre eigene Schwäche gewichen.

Sechzehn

Es war bereits später Nachmittag, als Katharina und Laura den Weg in Richtung Erdpyramiden entlangspazierten.

„Frisch ist es hier", bemerkte Laura und fröstelte ein wenig.

„Ja", meinte Katharina und zog den Reißverschluss ihrer Jacke zu. „Hier am Ritten herrschen andere Temperaturen als unten im Etschtal. Dafür ist es im Sommer wenigstens besser auszuhalten."

Laura blieb an einem hölzernen Zaun stehen und richtete den Blick in die Ferne. Wieder konnte sie den Schlern aus nächster Nähe betrachten und seine grauen Felswände mit den grünlichen Flecken bestaunen. Gleich links von dem riesigen Bergmassiv erkannte sie den Plattkofel und den Langkofel. Die Wiesen waren noch saftig grün, einige wenige Kühe grasten auf den Weiden, gerade schlugen die Kirchturmuhren fünf Uhr. Wie gefesselt sah Laura zu den gelblichen Erdpyramiden hinüber, die wie unzählige überdimensionale Nadeln mit schwarzen Mützen aus dem Boden stachen.

„Erdpyramiden entstehen unter ganz besonderen Bedingungen", hörte sie plötzlich Katharinas Stimme, die vor einer Tafel stand und laut vorlas. „Es braucht einen lehmigen, feinkörnigen Untergrund, in den auch größere Steine eingebettet sind. Besonders gute Bedingungen bieten Moränenablagerungen …“

„Komm mit, dort vorne sieht man sie sicher viel besser“, sagte Laura begeistert und zog Katharina am Arm.

„Nun warte doch mal, also, wo war ich stehen geblieben? Ach ja: Die klimatischen Voraussetzungen sind starke Regenfälle, die sich mit längeren Trockenphasen abwechseln.“

„Na, dann sind die Bedingungen dieses Jahr ja perfekt.“

„Allerdings. Das Regenwasser schneidet immer tiefer werdende Rillen in den Hang. Während der Trockenphasen härtet das Material aus und bildet widerstandsfähige Flanken. Ein größerer Stein, der durch das Auswaschen freigelegt wird, bildet ein Dach.“

„Du meinst diese schwarzen Mützen, die die Pyramiden tragen?“

„Richtig. Und im Laufe von mehreren Tausend Jahren wird ein Erdkegel geformt und die Erdpyramide entsteht. Und dann passiert etwas Dramatisches.“

Laura sah ihre Großmutter erstaunt an.

„Irgendwann verliert der Deckstein das Gleichgewicht und stürzt hinab. Damit beginnt das langsame Ende der Erdpyramide. Hilflos dem Regen ausgeliefert, wird sie immer dünner und kleiner, bis sie schließlich ganz verschwunden ist – während im dahinterliegenden Gelände neue Pyramiden entstehen."

„Na super", meinte Laura und stieß mit der Schuhspitze einen größeren Stein an den Wegrand, „jetzt bin ich traurig."

„Warum?", lachte Katharina. „Wegen der hilflosen kleinen Erdpyramide? Übrigens hast du gerade einen Stein erwischt, der eine Spurrille aus der Römerzeit aufweist. Hier verlief einst die Via Claudia Augusta."

„Hier oben? Das ist aber ein ziemlicher Umweg, um nach Rom zu kommen."

„Zu der Zeit, als die Römer hier durchzogen, war unten im Tal alles tiefer Sumpf. Da wären sie alle drin versunken."

Langsam gingen Laura und Katharina weiter. Immer wieder suchte Laura den Blick zu den ockerfarbenen Pyramiden, die in sicherem Abstand zu den Touristen auf der anderen Seite der Schlucht standen. Der Herbst bot ein wunderschönes Farbenspiel: Der Himmel war tiefblau, die Wiesen leuchteten grün und von den Bäumen fielen die ersten gelben und roten Blätter. Ein leichter Wind kam auf und ließ die kleinen Blättchen einer Buche zittern.

Laura lauschte ihrem Geräusch und erkannte plötzlich ein Eichhörnchen, das gerade eine Kastanie gefunden hatte.

„Es ist heute so ruhig hier", sagte Katharina. „Normalerweise ist dieser Weg von Touristen überfüllt."

An einem der Aussichtspunkte blieben sie stehen, setzten sich einen Moment auf die hölzerne Bank und genossen die Stille, die jäh durch schrilles Babygeschrei unterbrochen wurde.

„Filippo“, rief eine entsetzte Frauenstimme, „die Schnuller! Edoardo hat seine Schnuller verloren! Er ist hier hinuntergefallen!“

Katharina und Laura gingen etwas schneller und sahen bald eine Frau mit einem Kleinkind auf dem Arm. Das Kind schrie wie am Spieß, während die Mutter alles versuchte, um es wieder zu beruhigen. Sie lugte immer wieder über die Absperrung und rief ihrem Mann zu, er solle vorsichtig sein und sich nicht verletzen.

Sie näherten sich der jungen Frau, deren Junge einfach nicht aufhören wollte zu schreien. Sein Gebrüll hatte inzwischen eine ganze Menschentraube angelockt. Ein Dutzend Menschen stand nun an der Brüstung. Alle gaben dem Mann, der sich auf der Suche nach dem verlorenen Schnuller auf das unwegsame und steile Gelände gewagt hatte, gut gemeinte Ratschläge, wohin er seine unsicheren Füße setzen sollte. Immer wieder rutschte er aus und landete bei dem schwierigen Unterfangen auf dem Hosenboden.

„Wir müssen ihm helfen“, beschloss Laura. „Ich gehe zu ihm.“

„Laura, nein. Das ist viel zu steil. Da kommst du nicht mehr hoch“, sagte Katharina streng.

„Das schaff ich schon.“

„Wir rufen *soccorso alpino* … die Bergrettung“, sagte die junge Frau mit dem Kind, das einen Moment lang aufgehört hatte zu brüllen.

Katharina pflichtete ihr bei, doch da war Laura schon bis zu einer frei zugänglichen Stelle gegangen, um dem Mann auf dem Geröllfeld zu Hilfe zu eilen. Ein paar Minuten später stand sie neben ihm. Er lächelte sie überrascht an und wischte sich den Schweiß von der Stirn.

„Ich bin Laura. Haben Sie den Schnuller gefunden?“

Der Mann gab ihr die Hand, sie war voller Erde und Staub. „Magnabosco. Also, ich meine: Filippo. Sie hätten nicht herkommen sollen, jetzt müssen wir beide geborgen werden. Runter ist einfach, aber wieder hinaufkommen unmöglich. Wenn man einen Schritt nach vorne macht, rutscht man drei zurück.“

„Ach was“, sagte Laura. „Das schaffen wir schon. Welche Farbe hat denn der Schnuller?“

„Er ist grün.“

„Auch das noch“, meinte Laura und suchte zwischen den Steinen und Grasbüscheln. „Oh, da ist er ja. Hier, bitte.“

Dankbar nahm Filippo ihn an und wischte den Staub an seiner Jacke ab.

Laura versuchte, Schritt für Schritt nach oben zu gelangen, doch nach einigen wenigen Metern musste sie dem Mann recht geben: Das Gelände war zu steil, sie kamen kein Stück voran. Auch der Versuch, sich auf allen vieren nach oben zu bewegen, scheiterte kläglich.

„Ah", machte Magnabosco plötzlich, richtete sich auf und verzog das Gesicht.

„Haben Sie sich wehgetan?", fragte Laura besorgt.

„Hexenschuss. Oder der Ischias. Oder beides. Ich schaff es nicht."

Laura half ihm behutsam, sich auf einen Baumstumpf zu setzen.

„Haben Sie ein Handy?", fragte sie ihn. „Wir sollten die Bergrettung rufen."

„Nein, das hat Carmela. Also meine Freundin. Sie haben auch keines, oder?"

Laura schüttelte den Kopf. Dann zog sie ihre Jacke aus, hängte sie an einen herumliegenden Ast und wedelte damit durch die Luft.

Katharina erkannte Lauras Jacke, die wie eine rote Flagge hin- und hergeschwenkt wurde.

„Das sieht nicht gut aus. Die beiden brauchen Hilfe. Rufen Sie die Bergrettung!", befahl sie einem Mann, der neben ihr stand und die Szene mit dem Handy filmte. Verdattert machte er die Videokamera aus und rief die Notfallnummer an.

„Und Sie geben mir mal Ihr Kind", sagte Katharina sanft, aber bestimmt zu der verzweifelten jungen Mutter. „Es braucht Ablenkung. Wie heißt der Kleine?"

„Edoardo", sagte diese leise und legte das schreiende Bündel in Katharinas Arme. Diese sprach leise mit dem Jungen, kitzelte und tätschelte ihn ein wenig und schon hatte er sich beruhigt.

„Ich bin übrigens Katharina."

„Carmela Pasqualina. Danke, dass Sie uns helfen. Mein *fidanzato* ist manchmal ein bisschen … wie sagt man? *Sfigato* … polltatschig?"

Katharina lachte herzlich. „Tollpatschig. Ein Pechvogel? Na ja, die Bergrettung kommt ja gleich. Dann haben Sie Ihren Verlobten wieder."

*

Zwanzig Minuten später kamen drei junge Männer von der Bergrettung mit einem Jeep angefahren. Sie befestigten ein Seil an der Brüstung, einer blieb auf der Aussichtsplattform stehen, die anderen zwei gingen leichtfüßig zu Laura und Magnabosco hinunter, sicherten die beiden mit dem Seil und halfen ihnen den Hang hinauf.

Katharina nahm Laura in den Arm, drückte ihr einen Kuss auf die Stirn und hielt ihr eine Standpauke. „Was fällt dir ein, da einfach runterzugehen? Das hätte richtig schiefgehen können. Hast du dir wehgetan?"

„Nein, aber ich glaube, Filippo geht es nicht besonders gut. Er hat wohl einen Hexenschuss."

„Um den kann sich sein Hausarzt kümmern", sagte nun der junge Mann von der Bergrettung, der das

Kommando übernommen hatte. Laura blickte ihn schuldbewusst an und erkannte erst jetzt sein zwar zorniges, aber hübsches Gesicht. Über der rechten Augenbraue hatte er eine kleine Narbe. „Beim nächsten Ausflug ordentliches Schuhwerk tragen und die Wege benutzen. Was glaubt ihr eigentlich, wofür die Absperrung gedacht ist? Immer das Gleiche mit euch Halbschuhexperten!"

„He, nun machen Sie mal halblang", mischte sich Magnabosco ein. „Die mutige Frau wollte mir helfen, sie trifft keine Schuld. Ich danke Ihnen jedenfalls, Laura. Alles Gute Ihnen beiden."

Auch Carmela trat auf sie zu und schüttelte Katharina die Hand. Dann umarmte sie Laura.

„Sie sind Superwoman, Laura. Danke!"

Siebzehn

Martin Hofer durfte das Präsidium am späten Nachmittag verlassen, nachdem der Staatsanwalt es genehmigt hatte. Er ließ sich abholen und zurück zum Hotel bringen. Er war müde und fühlte sich ausgelaugt, doch den Mut, sich an seinen Eltern vorbeizuschleichen, brachte er nicht auf.

Mit gesenktem Blick betrat er das Privatzimmer, in dem seine Eltern wie an jedem Abend gemeinsam aßen. Sie sprachen dabei selten miteinander, doch dieses Mal war die Stimmung noch eisiger als sonst. Sein Vater sah auf und strafte ihn mit einem harten Blick.

„Hast du uns etwas zu sagen?", fragte er barsch.

Martin näherte sich dem Esstisch. Seine Eltern hatten sich zwar ein paar Häppchen auf ihre Teller gelegt, das Essen aber bis jetzt nicht angerührt. Seine Mutter stand langsam auf und ging auf ihn zu. Ihre Ohrfeige kam unerwartet und traf ihn auf die linke Wange. Das Klatschen ihrer Handfläche hinterließ ein pfeifendes Geräusch in seinem Ohr und ein Brennen auf der Gesichtshälfte. Doch nicht der Schmerz, sondern die Frustration trieb Martin die Tränen in die Augen. Nun kam auch noch seine Schwester Sophie hinzu.

Was für eine Blöße, dachte er sich und ließ die bitteren Worte seines Vaters über sich ergehen.

„Wie konntest du uns das antun?“, schrie er. „Ich habe dir das Hotel anvertraut! Den Familienbesitz, unsere Werte, unsere Tradition. Wie konntest du uns so enttäuschen und hintergehen?“

„Vertrauen! Du weißt doch nicht mal, was das Wort bedeutet!“, konterte Martin. „Hast du geglaubt, das Hotel kann vom guten Ruf alleine leben? Dass hier alles so weiterläuft wie vor hundert Jahren? Die beste Adresse am Ritten, die war’s vielleicht mal. Falls du’s noch nicht gemerkt hast – das Hotel *Hofer* ist Vergangenheit! Ich habe nur getan, was nötig war!“

„Nein, du hast nur unseren guten Ruf ruiniert“, brüllte sein Vater nun, „und ich habe einen riesigen Fehler gemacht, indem ich das Hotel einem Versager wie dir anvertraut habe!“

Martin konnte nicht glauben, welche Ausdrücke sein Vater ihm gegenüber benutzte, er war es schließlich, der sich jeden Tag für das Hotel vierteilte und zu retten versucht hatte, was noch zu retten war.

„Versager?“, wiederholte Martin und sah ihn mit hasserfüllten Augen an.

„Ja, das bist du. Warst du schon immer!“

Sophie mischte sich ein und rief, dass sie aufhören sollten. Ihre Stimme war schwach und weinerlich. Martin hatte genug, er wandte sich ab und ging. Hinter ihm fiel die Tür mit einem lauten Knall ins Schloss.

Es kostete Sophie viel Überwindung, um das Gespräch mit ihren Eltern aufzunehmen.

„Mama …“, versuchte sie es vorsichtig.

„Ich will nichts mehr hören“, entgegnete ihr Vater harsch. Sein Tonfall ließ Sophie zusammenzucken. Sie gab sich einen erneuten Ruck.

„Ich war heute bei Anton. Im Krankenhaus. Er wird wieder gesund, falls es euch interessiert“, sagte sie zitternd und erntete eisiges Schweigen.

„Du hattest da nichts zu suchen“, fuhr ihr Vater sie an.

„Er ist mein Bruder, Papa! Euer Sohn!“, rief Sophie verzweifelt und spürte den Kloß in ihrem Hals. Jetzt bloß nicht weinen, ermahnte sie sich innerlich.

„Wenn ihr euch sehen könntet. Der Inbegriff von Anständigkeit. Wie viele von Papas Affären hast du in all den Jahren ertragen, Mama? Oder hast du aufgehört zu zählen?“, fragte sie und erschrak sogleich vor ihrem eigenen Mut, diese Worte auszusprechen. Ihre Eltern starrten sie fassungslos an, die Hand ihres Vaters zitterte.

„Was? Habt ihr gedacht, wir kriegen das nicht mit? Ihr behandelt uns wie eure Angestellten, nicht wie eure Kinder! Tradition! Ihr erstickt doch in eurer Tradition! Das hier ist das einundzwanzigste Jahrhundert, falls ihr es noch nicht mitbekommen habt. Und du, Mama, du liebst Anton doch, warum gehst du ihn nicht besuchen? Wie kannst du dich nur so behandeln lassen?“

Bei diesen Worten kippte Sophies Stimme. Mit stolz erhobenem Kopf und Tränen in den Augen öffnete sie die Tür und schlug sie noch fester zu als ihr Bruder.

Achtzehn

Es war bereits gegen neun Uhr abends, als Sonja endlich ihren Wagen vor dem Weingut parkte. Sie war froh, sich nach diesem langen und anstrengenden Tag zurücklehnen zu dürfen. Vielleicht hatte Katharina ihr ja auch etwas zum Abendessen aufbewahrt. Sie wunderte sich etwas, als sie in keinem der Zimmer Licht entdecken konnte. Es kam eher selten vor, dass Laura abends noch ausging, von Katharina ganz zu schweigen. Auch in den Reben war niemand zu hören. Nun, vielleicht machten die beiden noch einen kleinen Abendspaziergang durch das Gut.

Sonja betrat den Flur und rief, dass sie zu Hause sei. Dann warf sie einen kurzen Blick in die Küche, konnte aber keine Essensdüfte vernehmen. Ein wenig enttäuscht schloss sie die Tür, verließ das Haus und ging in Richtung der alten Zirbe, die hinter dem Haupthaus stand. Plötzlich gingen alle Lichter zugleich an. Sonja erschrak furchtbar, als etwa fünfzehn Gäste zugleich „Überraschung!“ riefen, laute Musik ertönte und sie das riesige Buffet entdeckte. Sie lachte gerührt und umarmte Katharina und Laura, die mit einem Glas Champagner auf sie zukamen.

„Ihr wisst, dass ich keine Geburtstage mag!“, schimpfte sie und hatte dabei Freudentränen in den Augen.

„Wissen wir“, bestätigte Laura. „Ist uns aber egal.“

„Das sind deine Freunde und sie wollen dich feiern. Und wir auch“, meinte Katharina mit gespielter Strenge.

„Keine Partys“, erinnerte Sonja nun Jonas, der ebenso mit ihr anstieß. „Das war eine dienstliche Anweisung.“

„Capo, im Büro kannst du mir sagen, was ich zu tun habe, aber privat mache ich, was ich will“, entgegnete er und machte ein spitzbübisches Gesicht. Dann überreichte er ihr ein kleines, ungeschickt verpacktes Geschenk und gab ihr einen Kuss auf die Wange. Sonja bedankte sich mit einem verlegenen Lächeln.

*

Sonja sah sich unter den Gästen um. Sie amüsierten sich, tranken Wein und aßen genussvoll die Häppchen, die Katharina vorbereitet hatte. Auch Sonja bediente sich, bei dieser Aufregung hatte sie ihren Bärenhunger kurzzeitig völlig vergessen. Nun bemerkte sie, dass sich auch der hartnäckige Charmeur aus dem Hotel *Luna* unter den Geladenen befand. Er hatte seinen Blick auf Sonja geheftet und kam langsam, aber eine Spur zu selbstsicher auf sie zu.

„Was macht der denn hier?“, flüsterte Sonja Laura zu. Noch war er weit genug weg. Laura und Jonas tauschten einen Blick.

„Die Karte war doch in den Blumen“, sagte Laura, „wir dachten …“

„Da habt ihr falsch gedacht“, brummte Sonja missmutig. Dieser Typ hatte ihr gerade noch gefehlt. Nun musste sie sich wieder den ganzen Abend darum kümmern, ihn wieder loszuwerden.

„Hallo“, sagte er freundlich. „Schön, Sie wiederzusehen. Darf ich heute was mit Ihnen trinken?“

Sonja sah ihn an, seine Aufdringlichkeit gefiel ihr nicht. Er passte einfach nicht in diese Feier. Mit ihren Freunden und Kollegen anzustoßen, verkraftete sie, aber auf diesen Unbekannten hatte sie einfach keine Lust.

„Das ist mein erster Urlaub seit drei Jahren. Für mich gab's immer nur Arbeit“, begann er das Gespräch. Sonja konnte nicht glauben, dass er die Gelegenheit, drei Worte mit ihr zu wechseln, mit Jammern begann. Sie sah ihn an, dann ging ihr Blick ins Leere. Sollte er doch froh sein, dass er eine anständige Arbeit hatte und nicht so dastand wie die Angestellten vom Hotel *Hofer*.

„Und dann habe ich meine Frau umgebracht.“

Sonja zuckte zusammen. Was redete er da?

„Ich wollte nur sehen, ob Sie zuhören. Ich bin nicht verheiratet. War ich auch nie.“

Sonja riss sich zusammen und sah ihm noch einmal in die Augen.

„David, es liegt nicht an Ihnen. Sie scheinen ein wirklich netter Mensch zu sein …“

„Autsch“, machte er und schüttelte seine rechte Hand, als hätte er sich verbrannt. „Nett, war das nicht der kleine Bruder von …?“

„Nein, so war das wirklich nicht gemeint. Ich habe nur im Moment einfach keinen Kopf dafür. Tut mir leid.“

David Lorenz nickte.

„Schlechtes Timing. Das war schon immer mein Problem. Ein andermal?“

Sonja nickte erleichtert, als er sich einsichtig zeigte. Sie prosteten sich zu, dann trank er seinen Wein aus und verabschiedete sich höflich von ihr. Mit einem freundlichen Winken verließ er die Party. Endlich konnte Sonja sich entspannen und mit den anderen Gästen plaudern.

Nun kam Laura zu ihr und setzte sich neben sie.

„Nicht sauer sein, bitte. Es war nur gut gemeint“, sagte sie und sah sie mit großen, bittenden Augen an.

„Schon gut, ich bin nur einfach noch nicht so weit. Mach dir keinen Kopf. Und danke für diese großartige Überraschung. Ihr habt euch wirklich ins Zeug gelegt. Hat Katharina deshalb ständig heimlich telefoniert?“

Laura nickte und lächelte.

„Wie war's eigentlich heute am Ritten? Hattet ihr einen schönen Tag?“

Laura verdrehte die Augen. „Hör bloß auf. Da war ein Mann, der ist ins Geröllfeld gestiegen, weil sein Baby den Schnuller über die Brüstung gespuckt hatte.

Ich wollte ihm helfen, aber hab mich dann selbst verstiegen."

„Oh Gott! Und das erzählst du mir erst jetzt?", rief Sonja entsetzt. „Und dann?"

„Dann habe ich mit meiner Jacke eine Flagge gebastelt und die Bergrettung ist gekommen. Der Mann hatte einen Hexenschuss und mich hat der schönste Bergretter der Welt so richtig zur Schnecke gemacht. Das war so peinlich."

„Och, mein Schatz. Der schönste Bergretter der Welt ist dir also begegnet? Das klingt aber spannend … Und es ist toll von dir, dass du so mutig warst", sagte Sonja und drückte sie fest.

„Es ist übrigens so weit", erklärte Laura dann, „übermorgen beginnt mein Praktikum in Siffian am Ritten."

Sonja lächelte stolz.

„Wie lange muss ich dich dann vermissen?"

„Zwei Wochen. Aber ich komme wieder, versprochen."

„Und zwischendurch gerätst du mir aber bitte nicht noch einmal in Bergnot, versprochen?"

Laura lächelte.

„Schauen wir mal", entgegnete sie.

Neunzehn

Martin Hofer hatte sich noch nie so müde, ausgelaugt, frustriert und machtlos gefühlt wie in diesen letzten Stunden. Das Polizeiaufgebot, die schlimmen Beschimpfungen seines Vaters, die Ohrfeige seiner Mutter: Am liebsten hätte er die Koffer gepackt und sein altes Leben hinter sich gelassen. Er sah sich in seinem Büro um, in dem die Polizei ein furchtbares Chaos hinterlassen hatte. Neben dem Rotweinglas, das er auf dem Tischchen neben dem Sessel abgestellt hatte, stand eine fast leere Flasche.

Ein leises Klopfen riss ihn aus den konfusen Gedanken, Sophie trat zu ihm.

„Ich kann nicht schlafen", sagte sie leise. Ihr Blick war traurig, ihr Gesicht noch fahler als sonst. „Die Sache mit Anton und der Streit vorhin … ich halte das nicht aus."

Martin sah resigniert zu ihr hinüber, nahm ein frisches Glas aus dem Schrank und schenkte ihr ein.

„Das hilft", sagte er leise.

Sophie schüttelte den Kopf.

„Du hättest zu mir kommen können. Ich habe Papa immer mit der Buchhaltung geholfen."

„Ich schaffe das alleine“, antwortete er seiner Schwester knapp. „Du brauchst mich nicht zu bemuttern.“

„Ist das der Hofer'sche Familienstolz? Wir sehen ja, wohin er dich gebracht hat“, bemerkte Sophie nun bitter. „Wach auf, Martin! Du beschwerst dich immer über Papa, aber du bist auf dem besten Weg, genauso zu werden wie er.“

Martin glaubte nicht, was er hörte. Auf wessen Seite stand Sophie eigentlich?

„Das sagt die Richtige. Wach du doch erstmal auf! Ich meine, was machst du überhaupt noch hier? Wolltest du nicht längst weg? Was ist mit deinem Studium?“

Sophie antwortete nicht. Nachdenklich und traurig nahm sie das Weinglas aus Martins Hand und trank einen großen Schluck.

„Geh, solange du kannst“, raunte Martin und hoffte, dass seine Schwester ihr Leben nicht länger wegwerfen, sondern es endlich in die eigene Hand nehmen würde. Mit einem bitteren Lächeln nahm er ihr das Weinglas ab und trank es selbst in einem Zug leer. Als er das Glas abstellte, war ihm schwindlig.

*

Ludwig Hofers Schmerz saß tief. Er war allein im Wohnzimmer der Familie und sah sich an dem alten, Holztisch sitzend die vergilbten Fotos des Hotels an. Früher, dachte er, war wirklich alles besser gewesen. Niemals hätte er es gewagt, seinem Vater so gegenüberzutreten, wie Martin es ihm gegenüber getan hatte. Damals hatte es noch Respekt gegeben. Respekt und Tradition, doch davon hatten die jungen Leute von heute ja keinen blassen Schimmer mehr.

„Willst du nicht ins Bett?", hörte er plötzlich Marias Stimme sagen. „Es ist schon spät."

Hofer blickte starr auf die Fotos. Er spürte, wie seine Frau ihre Hand auf seine Schulter legte. Plötzlich traten ihm Tränen in die Augen. Vor Scham wandte er sich ab.

„Ludwig …", sagte sie leise, um ihn zu trösten.

Er nahm ihre Hand von der Schulter und küsste sie zärtlich. Niemand kannte ihn so gut wie Maria, das wusste er. Wenn jemand seine Schwäche sehen durfte, dann sie. Er nahm ein altes Foto auf und zeigte es ihr.

„Weißt du noch?", fragte er.

Maria lächelte. „Natürlich. Ich war mit meinen Eltern hier. Und du hast als Kellner gearbeitet, weil dein Vater wollte, dass du das Geschäft lernst. Du warst so nervös, dass du mir den Kaffee über das Kleid geschüttet hast."

Ludwig lachte kurz, dann stand er auf und umarmte sie. Sofort entspannte er sich. Die Wärme ihres Körpers zu spüren, milderte den Schmerz der letzten Stunden.

„Die ganzen Jahre. Und das soll alles nichts wert sein? Wir haben so viel aufgebaut, so viel erreicht. Und so viel entbehrt. Wir haben für das Hotel gelebt."

„Ja", sagte Maria, „das Hotel kam immer zuerst. Darüber haben wir alles andere vergessen. Die Kinder, uns selbst ..." Sie küsste ihn und schmiegte ihren Kopf an seine Brust. Nun hatte auch sie Tränen in den Augen. „Ich habe Angst, Ludwig. Was soll denn aus uns werden, wenn wir dieses Hotel nicht halten können?"

Ludwig Hofer wusste keine Antwort auf die Fragen seiner Frau. Sein größter Reichtum und Stolz stand auf dem Spiel. Wenn nun auch noch die Kinder, die er doch eigentlich so sehr liebte, ihm den Rücken kehrten, was blieb dann noch?

Zwanzig

Sonja war froh, die erste Aufgabe des Tages schon erledigt zu haben. Sie hatte Ludwig Hofer gerade die Nachricht überbracht, dass nun die Staatsanwaltschaft wegen der illegal beschäftigten Arbeiter gegen ihn ermittelte. Ludwig Hofer hatte zähneknirschend mit einer Beschwerde bei ihrem Vorgesetzten gedroht, der typische Spruch eines Menschen, der sich nicht mehr zu verteidigen wusste. Sonja konnte noch immer nicht fassen, dass es in heutigen Zeiten noch solch altmodisch denkende Menschen wie diesen Hofer gab. Es wunderte sie nicht, dass Anton das Weite gesucht hatte und nichts mehr mit den eigenen Eltern zu tun haben wollte. Und Sophie? Sie war sicherlich eine sehr talentierte junge Frau, der so viele Wege offenstünden, würde sie sich nur aus ihrem goldenen Käfig wagen. Und was war mit der Frau dieses kleinkarierten Spießers? War Maria Hofer denn völlig egal, wie es ihren Kindern unter dem herrschsüchtigen Vater erging? Oder hatte sie selbst Angst vor ihrem Mann?

*

„Guten Morgen, Capo", begrüßte Peter Kerschbaumer sie, als sie das Büro betrat, „war eine tolle Party gestern. Ihre Schwiegermutter ist eine ganz reizende Frau. Richten Sie ihr bitte Grüße aus?", fragte er und errötete ein wenig.

„Papa, hast du etwa mit Frau Malfertheiner geflirtet? Na, wenn das die Mama erfährt", grinste Jonas. „Übrigens, dein neuer Freund ist auch ein Netter." Er schien sich ehrlich für Sonja zu freuen.

„Es gibt keinen neuen Freund. Themenwechsel, ja?", antwortete Sonja freundlich, aber bestimmt und öffnete das Fenster. Sofort drangen die Geräusche und der Duft der Altstadt ins Innere des Präsidiums.

„Bitte entschuldige, wenn ich etwas Falsches gesagt habe", meinte Jonas.

„Ist schon okay", beruhigte Sonja ihn. Er konnte es ja nicht wissen. „Gibt's irgendwas Neues?"

„Ja", berichtete Peter Kerschbaumer, „ich bin die Konten von Marcel Wallner durchgegangen und dabei auf etwas Interessantes gestoßen. Seit sieben Monaten hat er monatlich 5.000 Euro auf ein Konto in Bozen überwiesen. Der Manager wusste davon nichts. Also habe ich das Konto nachverfolgt. Raten Sie mal, wer das Geld kassiert hat!"

Sonja sah ihn fragend an.

„Giulia Santini. Die Kellnerin vom *Luna*."

*

Wenige Stunden später musterte Sonja die junge Barfrau, die ihr im Vernehmungsraum mit beleidigter Miene gegenübersaß.

„Sie und Anton Hofer waren also beste Freunde und haben sich immer alles erzählt", begann Sonja das Gespräch und zog ein Dokument aus der Akte. „Und dieses Wissen haben Sie benutzt, um Marcel Wallner zu erpressen. Von seinem Konto sind seit sieben Monaten jeden Monat 5.000 Euro auf Ihr Konto überwiesen worden."

Giulia betrachtete schweigend den Kontoauszug.

„Wofür war denn das Geld? Wusste Anton von der Erpressung? Haben Sie das gemeinsam geplant?", fragte Jonas nun in einem härteren Tonfall.

„Isabella hat damit nichts zu tun", verteidigte Giulia Anton Hofer. „Wissen Sie, wie viel ich im *Luna* verdiene? Außerdem hätte Wallner ja zu seiner Beziehung stehen können. Ist ja nicht mein Problem, dass er zu feige war."

Sonja und Jonas tauschten einen ungläubigen Blick.

„Er hätte sowieso nichts mehr gezahlt", sagte die Barfrau dann und zupfte nervös an ihrem T-Shirt. Auf Sonjas Frage, was sie damit meine, antwortete sie: „Er hat mich am Montagabend angerufen und gesagt, dass er nichts mehr überweisen wird. Er wolle alles öffentlich machen, seine Frau wisse auch schon Bescheid."

„Am Montagabend?", vergewisserte Jonas sich. „Wann genau war das?"

„Ich hatte gerade meine Schicht im *Luna* angefangen, also gegen achtzehn Uhr."

„Und da wusste seine Frau schon Bescheid?", fügte Sonja fragend hinzu.

„Ja, das hat er zumindest gesagt."

„Hat er gedroht, Sie wegen Erpressung anzuzeigen?", fragte Sonja. Wieder schwieg die junge Frau.

„Wie lange waren Sie am Montag im *Luna*?"

„Ich gehe immer gegen dreiundzwanzig Uhr. Wieso?"

„Und was haben Sie danach getan?"

„Ich bin nach Hause gegangen, was denn sonst?" Nun stockte Giulia und rief: „Moment mal … Sie glauben doch nicht, dass ich den Wallner umgebracht habe?"

„Marcel Wallner wurde zwischen zweiundzwanzig Uhr und Mitternacht ermordet. Genug Zeit für Sie, nach Feierabend in die *Eiswelle* zu fahren."

Giulia reagierte panisch, dennoch glaubte Sonja ihr. Sie konnte sehr gut einschätzen, wann Menschen logen und wann sie die Wahrheit sagten. Nicht umsonst hatte man ihr in Frankfurt den Spitznamen „Der Lügendetektor" gegeben.

„Kann jemand bezeugen, dass Sie nach der Arbeit direkt nach Hause gefahren sind?", fragte Jonas.

Giulia dachte kurz nach und sagte dann mit leiser Verzweiflung: „Nein."

Sonja und Jonas zogen sich in ihr Büro zurück. Sie setzten sich zu Peter Kerschbaumer, der an seinem

Schreibtisch mit gerunzelter Stirn Daten in seinen Computer eingab.

„Frag bitte mal bei ihren Nachbarn, ob sie am Montagabend jemand gesehen hat“, sagte Sonja zu Jonas.

Jonas nickte. „Mach ich. Was denkst du?“

„Nun, wenn sie die Wahrheit gesagt hat und Wallner wirklich alles öffentlich machen wollte, also seine Beziehung zu Anton – was wäre dann passiert?“

„Es wäre auf jeden Fall ein Schock gewesen. Für die Frau, den Verein, die Öffentlichkeit …“

„Aber hätte das seiner Karriere geschadet?“

„Ich denke nicht. Diese Zeiten sind vorbei. Heute kann ein Fußballmanager wegen Steuerhinterziehung im Gefängnis landen und hat trotzdem noch eine Karriere hinterher. Schlagzeilen sind alles, die sorgen eher für noch mehr Aufmerksamkeit.“

„Wallner hat kein Verbrechen begangen“, sagte Sonja nun, „er hat nur jemanden geliebt, zu dem er stehen wollte.“

„Und in einer perfekten Welt wäre das überhaupt nicht der Rede wert. Wir leben aber nicht in einer perfekten Welt.“

„Was ist, wenn er es an dem Abend seiner Frau gesagt hat?“, mutmaßte Sonja.

„Die hätte sich wahrscheinlich scheiden lassen und eine schöne Abfindung gekriegt.“

„Falsch, mein Junge“, brachte sich Peter Kerschbaumer in das Gespräch ein. Er erhob sich von seinem

Drehstuhl und überreichte Sonja eine Akte. „Bei den beschlagnahmten Unterlagen aus dem Büro des Managers war der Ehevertrag, den Nathalie Wallner unterschrieben hat. Im Fall einer Scheidung hätte sie eine monatliche Abfindung bekommen."

„Und im Todesfall?", fragte Sonja und blätterte in den Papieren.

„Im Falle eines Todes erbt alles sein Sohn. Nathalie Wallner ist aber bis zu dessen Volljährigkeit als Vermögensverwalterin eingesetzt. Und übrigens – das kam gerade von der Wachgesellschaft. Wir wissen noch nicht, was es damit genau auf sich hat", erklärte Kerschbaumer und reichte ihr ein weiteres Dokument.

Einundzwanzig

„Mach's gut, meine Kleine", sagte Sonja mit einem milden Lächeln und nahm ihre Ziehtochter ein letztes Mal in den Arm.

„Mama, es sind doch nur zwei Wochen. Ich verspreche hoch und heilig, wieder zurückzukommen."

„Tschüss, mein Schatz", flüsterte Katharina und drückte ihr einen Kuss auf die Wange.

Laura drehte sich noch ein letztes Mal um und winkte ihrer Mutter und ihrer Großmutter zu. In diesem Moment wurde ihr bewusst, dass sie, bis auf wenige Ausnahmen, noch nie so lange von ihrem Weingut und Zuhause weggewesen war. Es würde schon schiefgehen, dachte sie, und ging den steilen Weg vom Parkplatz zum Rielingerhof hinunter. Noch bevor sie den Garten entdeckte, hörte sie die fröhlichen Stimmen der Gäste. Ein Kind kam ihr entgegengerannt, es sah sie kurz an, Laura lächelte schüchtern. „Grias di", sagte es freundlich und rannte dann weiter in Richtung Gästehaus.

An der großen Holztafel vor dem Haupthaus saßen einige Gäste bei Wein und Kastanien, wahrscheinlich hatten sie den Nachmittag mit ihren Kindern hier verbracht. Ein junger Mann servierte den Gästen gerade einen dunklen Schnaps, sah sich um und blieb vor Laura stehen.

„Hallo", sagte Laura. „Ich bin Laura. Ich soll mich bei Matthias melden, wegen der Praktikumsstelle. Ich bin ein bisschen spät dran. Entschuldigung …"

„Ah ja, genau. Dann setz dich doch erst mal zu uns. Hast du Hunger? Oder magst du etwas trinken?"

„Ja, gerne, darf ich einen Tee haben? Für Wein ist es mir noch ein bisschen zu früh."

„Ja, sicher. Ich sag dem Chef Bescheid. Er kommt dann bestimmt gleich zu dir. Bitte, nimm Platz."

Der Nachmittag war kühl, ein leichter Wind war aufgezogen. Laura zog den Reißverschluss ihrer Jacke zu und rieb sich die Hände.

„Magst ein paar Kastanien?", riss der junge Mann mit dem blauen Schurz sie aus den Gedanken. „Wir haben noch ein paar, die kann ich dir schnell rösten. Viele sind es nicht, aber sie sind recht gut in diesem Jahr."

Laura nickte dankbar und bemerkte erst jetzt, dass sie Hunger hatte. Ein verschmitzt lachender Herr kam zu ihrem Tisch und streckte ihr die Hand entgegen.

„Du musst die Laura sein, vom Kreithof, richtig? Hast gut hergefunden? Ist ja schon ein bisschen versteckt hier. Ich bin der Matthias."

Seine herzliche Art ließ Lauras letzte Nervosität verfliegen. Es war fast ein Gefühl, als wäre sie bei guten alten Freunden zu Besuch.

„Ja, meine Oma kennt sich hier am Ritten recht gut aus. Sie wusste gleich, wo ich hinmuss. Danke, dass ich eine Weile hierbleiben und von euch lernen darf."

„Jetzt machst es dir erst mal gemütlich. Über die Arbeit reden wir morgen nach dem Frühstück. Wir haben dir ein Zimmer im Gästehaus hergerichtet, das ist gleich da hinten über der Garage. Wir wohnen hier oben im Haupthaus. Wenn irgendetwas fehlen sollte oder du etwas brauchst, einfach sagen."

Laura ließ sich gegen die Lehne der alten Holzbank sinken und nippte an dem warmen Tee, den man ihr serviert hatte. Die Weinberge waren keine zwanzig Meter von ihr entfernt: Sie begannen direkt unterhalb der beiden Holztische, die ebenfalls unter einem Dach aus Weinreben standen. Eine kleine Kohlmeise hüpfte über die Lehne und flatterte dann weiter. Laura ging zu den leeren Tischen und richtete den Blick in die Ferne. Links blickte man hinunter ins Eisacktal, rechts sah sie schroffe Felswände. Erst als sie genauer hinsah, bemerkte sie, dass mitten im Talkessel auf einem Felsvorsprung eine Burgruine stand. Die Mauerreste hatten eine perfekte Tarnung, ihre Farbe war von der der Felsen kaum zu unterscheiden. Vielleicht würde sie in den kommenden Tagen einen Spaziergang zu der Burg machen.

Zweiundzwanzig

Sophie konnte sich nicht daran erinnern, wann sie zum letzten Mal so gut geschlafen hatte. Zum ersten Mal seit vielen Nächten hatten sie keine Selbstzweifel geplagt und keine wirren Alpträume schweißgebadet aufwachen lassen. Sie hatte am Abend zuvor eine längst fällige Entscheidung getroffen und so ihren seelischen Ballast abgeworfen. Sie fühlte sich ein wenig wackelig auf den Beinen, wie ein kleines Kind, das gerade seine ersten Schritte übte. Und gleichzeitig machte sich eine ungewohnte Stärke in ihr breit.

Gegen acht Uhr rief sie von ihrem Zimmer aus ein Taxi. Sie wollte an diesem Morgen niemandem begegnen – weder den Hotelgästen noch ihrem Bruder und schon gar nicht ihren Eltern. Sie hatte ihr letztes Wort gesprochen, nun wartete ein neues Leben auf sie. Ein Leben außerhalb dieses Gefängnisses, dieser Traditionen, der Verbote, der Ungerechtigkeiten, die sie viel zu lange hingenommen hatte. Es würde nicht einfach werden, das spürte Sophie. Was wusste sie denn schon von dem Leben da draußen? Sie würde alles erst einmal erlernen müssen, sich durchsetzen und vielleicht sogar tief fallen.

Sei es drum, dachte sie, lieber ein tiefer Fall als lebenslänglich eine Gefangene. Entschlossen setzte sie ihre Sonnenbrille auf und verließ mit Jeans und Lederjacke bekleidet das Hotel, ohne sich noch einmal umzudrehen. Die nächsten Tage würde sie bei einer guten Freundin, ihrer einzigen, verbringen und Anton so lange im Krankenhaus besuchen, bis er wieder selbstständig leben konnte. Sie würde ihn einfach noch einmal fragen, ob er mit ihr nach Florenz kommen wollte. Natürlich musste sie auch damit rechnen, dass er Nein sagte, bestimmt war er von seiner kleinen Schwester schwer enttäuscht. Doch ein Gefühl sagte ihr, dass er es sich vielleicht noch einmal überlegen würde.

Wenn sie dann erst einmal in Florenz wären, würde sie sich in einem Büro vorstellen, genug Geld zum Leben verdienen und sich vielleicht eines Tages tatsächlich an der Universität einschreiben, um endlich ihrer Berufung nachzugehen. Auch für Anton würden sie eine Arbeit finden, vielleicht würde er ja dann vor einem noch größeren Publikum als in Bozen singen.

„Sophie!", hörte sie plötzlich ihren Bruder Martin rufen. Sie erstarrte. Wie seltsam, dachte sie plötzlich, dass sie sich nie gefragt hatte, was aus ihm würde, wenn das Hotel *Hofer* einmal der Vergangenheit angehörte.

„Was wird das?", rief er und blieb vor ihr stehen.

„Es wird Zeit für was Neues, Martin. Du hattest recht, ich habe viel zu lange damit gewartet. Versuch nicht, mich aufzuhalten“, sagte sie und erschrak fast über den starken Ton ihrer sonst so leisen Stimme.

„Kommst du wieder?“, fragte Martin.

Sophie antwortete nicht, sondern ging einen Schritt auf ihren Bruder zu und umarmte ihn fest. Dann sah sie das Taxi auf dem Parkplatz vor dem Hotel und ging schnell zu dem Wagen. Der Fahrer stieg aus und half ihr, das Gepäck im Kofferraum zu verstauen.

Martin blieb stumm und verabschiedete seine Schwester mit einem traurigen Blick. Sophie schnallte sich an und nannte dem Fahrer die Adresse ihrer Freundin. Ohne zu winken, flog sie aus ihrem goldenen Käfig in die Freiheit.

*

Martin sah dem Taxi, in dem seine Schwester saß, lange nach. Er war leer, ausgebrannt, fühlte nicht einmal den Abschiedsschmerz. Als er sich umdrehte, um ins Hotel zurückzugehen, entdeckte er seinen Vater, der mit Sebastian Glasner vor dem Eingangsportal stand und ihm die Hand gab. Sein Vater machte eine Geste und deutete Martin, zu ihnen zu kommen.

„Guten Tag, Martin“, sagte Glasner kurz und nickte dann Ludwig Hofer zu. „Wir sehen uns.“

Fast so, als habe er Angst, dass der alte Hofer es sich noch einmal anders überlegen könnte, spurtete Glasner zu seinem Sportwagen und setzte sich hinein.

Noch bevor er den Motor anließ, sah Martin, dass der Manager lachend telefonierte.

„Was wollte der schon wieder?", fragte Martin seinen Vater, der sonderbar erleichtert schien.

„Es ist vorbei, Martin. Ich habe das Hotel verkauft", erklärte er. „Du hattest recht. Das Hotel *Hofer* gehört der Vergangenheit an. Deine Mutter und ich müssen jetzt in die Zukunft schauen."

Martin schluckte hart. Ihm schwindelte. „Und was wird aus mir?", fragte er und hoffte, dass sein Vater ihn dabei nicht völlig vergessen hatte. Wo sollte er denn nun hin?

„Du, Martin, bist mit sofortiger Wirkung entlassen."

Dreiundzwanzig

„Schau dich ruhig ein bisschen um in der Gegend", sagte Matthias und reichte Laura eine eingepackte Semmel und eine kleine Flasche Wasser. „Kannst ja mal zur Ruine Stein hinübergehen, ist nur eine Viertelstunde von hier. Passt halt ein bisschen auf, wenn du dort hochgehst. Am Einstieg wirst kraxeln müssen, aber das kriegst du schon hin. Sieh nur zu, dass du vor der Dunkelheit zurück bist, sonst wird's eher ungemütlich."

„Danke, Matthias", sagte Laura. „Aber wann soll ich denn mit der Arbeit anfangen?"

„Das kommt schon noch früh genug, mach dir keine Sorgen. Heute Abend kommt eine Gruppe Wanderer zum Törggelen, da brauchen wir jede Hand. Also, bis später dann!"

Leichtfüßig ging Laura den steilen Schotterweg entlang, bis sie zu einer Lichtung kam. Im Hintergrund sah sie wieder den Schlern, der hier oben ihr ständiger Begleiter war. Hinter dem Wäldchen erkannte sie auf dem kleinen, schmalen Felskopf die hohen Stützmauern der Burgruine Stein. Ein richtig alter Wolkenkratzer, schoss es Laura durch den Kopf und sie musste kurz an die Skyline ihrer alten Heimat

Frankfurt denken. Im Internet hatte sie gelesen, dass die Burg wohl am Anfang des dreizehnten Jahrhunderts gebaut worden war, um den Weg, der vom Eisacktal auf den Ritten hinaufführte, zu überwachen. Später hatte die Burg als Gerichtssitz gedient, hier hatte man die Verbrecher verurteilt und vermutlich auch direkt vor Ort gehängt oder geköpft. Ein wenig gruselte es Laura, als sie sich den alten Mauerresten näherte.

Die Schilder auf dem Weg zum Turm untersagten das Hinaufklettern. Laura atmete tief durch, nahm ihren Mut zusammen und suchte Halt an einer schmalen Buche. Dann stieg sie über die Eisendrähte, mit der man den Weg zur Ruine versperrt hatte. Wenige Sekunden später stand sie vor einer Mauer, deren runde Aussparung früher einmal als Einlass zur Burg gedient haben musste. Sie sah sich um, ihr war ein wenig schwindlig, dann fing sie sich wieder. Sie ging vorsichtig zwischen den vielen dürren Bäumchen umher, die hier oben ihr Zuhause gefunden hatten. Dann setzte sie sich auf einen moosbewachsenen Felsen. Er war weich und hatte die Sonnenwärme gespeichert. Laura war warm geworden, sie zog ihre Jacke aus, breitete sie auf dem Boden aus und machte es sich darauf gemütlich. Sie schloss die Augen und genoss die Stille, die nur dann und wann von Vogelgezwitscher unterbrochen wurde. Sie fühlte sich so schwer und müde, dass sie einschlief.

*

„Laura? Laaauuuraaaa?!“, hörte sie plötzlich eine Stimme. Sie erschrak und setzte sich hektisch auf. Es war vollkommen dunkel geworden, sie suchte nach ihrem Handy und leuchtete die Umgebung ab.

„Hilfe!“, rief sie spitz. „Ich bin hier!“

Sie stand auf und suchte an einem Felsbrocken Halt. Ihre Glieder schmerzten, sie griff nach ihrer Jacke und zog sie an. Ihr war eiskalt.

„Laura? Laura, wo bist du?“, rief die Stimme wieder. Laura erkannte Jakob, den jungen Helfer am Rielingerhof.

„Hier, Jakob, hier oben!“, schrie sie zurück und versuchte vorsichtig, einen Fuß vor den anderen zu setzen. Schon rutschte sie aus und klammerte sich panisch an einen dürren Ast, der unter ihrem Gewicht zerbrach.

Dann erkannte sie den Schein zweier Taschenlampen und hörte Jakob, der mit einem anderen Mann sprach. Auch seine Stimme hatte sie schon einmal gehört.

Vorsichtig kamen die beiden jungen Männer zu ihr, halfen ihr auf und zeigten ihr den Weg zurück über den Felsen.

„Danke, Jakob“, sagte sie, noch immer zitternd. „Ist der Matthias sehr sauer? Jetzt bin ich bestimmt gefeuert …“

„Ach was“, sagte Jakob. „Er war nur besorgt. Hauptsache, du kommst heil zurück. Er hat dir auch ein warmes Abendessen aufgehoben.“

Als sie auf sicherem Boden standen, leuchtete der zweite Helfer ihr kurz mit der Taschenlampe ins Gesicht und lachte plötzlich laut auf.

„Na, die Halbschuhexpertin! Ich glaub es nicht!"

Laura war froh, dass man ihre Schamesröte in dieser Dunkelheit nicht sehen konnte. Vor ihr stand der Bergretter, der sie vor wenigen Tagen bei den Erdpyramiden aus ihrer misslichen Lage befreit hatte.

„Dich kann man ja echt keinen Tag alleine lassen!", rief er belustigt.

Laura wusste nicht, ob sie sich rechtfertigen oder wehren sollte, dann, wie aus einem Impuls heraus, streckte sie sich ihm entgegen und gab ihm einen Kuss auf die rechte Wange.

„Danke fürs Nochmalretten", sagte sie und ließ zu, dass der junge Mann ihre Hand nahm und sie zurück zum Hof führte.

Vierundzwanzig

Sonja hatte ein flaues Gefühl im Magen, als sie ihren Wagen vor dem Anwesen der Wallners parkte. Sie sah sich um, das Kinderfahrrad lag noch immer im Gras, sie erkannte Nathalies dunklen Wagen. Etwas stimmte hier nicht, das wusste sie, auch wenn sie ihre plötzliche Vorahnung nicht erklären konnte. Sie ging die Stufen zur Haustür hinauf und öffnete sie. Sie war nicht abgeschlossen. Im Gang empfing sie ein starker Luftzug, die Fenster standen offen.

Sie nahm vorsichtshalber ihre Waffe aus dem Holster und hielt sie im Anschlag. Das Gefühl, gleich auf etwas Unangenehmes zu stoßen, verstärkte sich mit jedem Schritt. Die Atmosphäre in dem Haus war mehr als befremdlich. Überall standen Trauerkarten herum, Blumensträuße, für die nicht genügend Vasen vorhanden gewesen waren, hatte man provisorisch in Garteneimer gesteckt. Sonja fragte sich, wo Nathalies kleiner Sohn stecken mochte, und hoffte inständig, dass er gerade mit seinen Freunden Räuber und Gendarm spielte.

Sie ging weiter in Richtung Terrasse. Neben dem Pool stand ein Tisch. Zwei Weinflaschen lagen daneben, ein Glas war zu Bruch gegangen. Sonja rannte zum Pool, ihr Bauchgefühl hatte sie nicht getrogen: Nathalie Wallner trieb reglos kopfüber im Wasser. Sonja schmiss ihre Waffe zur Seite, zog sich blitzschnell die Jacke aus und sprang in den Pool. Kurz erschrak sie über die Kälte des Wassers, ihre Kleidung blähte sich mit Luft auf und ließ sie einen Moment lang treiben. Dann entwich die Luft und machte das Unterfangen, die leblose Nathalie an den Beckenrand zu ziehen, noch schwieriger. Sonja musste alle Kraft aufbringen, um sie aus dem Wasser zu ziehen.

Sonja tätschelte vorsichtig ihre Wange, doch die junge Frau blieb bewusstlos.

„Schwarz hier, ich brauche einen Notarzt zum Wallner-Haus, schnell!“, brüllte sie in ihr Handy, während sie mit der Herzmassage begann. Sie zählte bis dreißig, dann legte sie ihren Mund auf den der reglosen jungen Frau und blies Luft in ihre Lungen. Mit einem Ruck kam Nathalie zu sich, spuckte Wasser aus und hustete heftig. Sonja dreht ihren Kopf zur Seite, damit sie sich nicht verschluckte. Vor lauter Erleichterung lachte sie kurz auf und schloss die völlig verstörte Frau in ihre Arme.

*

„Wo ist Philipp?“, fragte Nathalie mit schwacher Stimme und zog die Decke enger um sich. Sonja saß neben ihr auf dem Sofa, ebenfalls mit einem großen Handtuch um die Schultern.

„Er ist bei seinem besten Freund und darf heute Nacht auch dort übernachten. Ich habe es ihm erlaubt, ich hoffe, das ist für Sie in Ordnung", erklärte Sonja mit einem sanften Lächeln.

Nathalie nickte dankbar.

„Nathalie, bitte erzählen Sie mir, was in der Nacht des Mordes passiert ist."

Die junge Frau weinte lautlos.

„Marcel war schon eine ganze Weile komisch drauf. So distanziert und kalt, er schien mit den Gedanken völlig woanders zu sein. Erst dachte ich, es sei wegen der vielen Eishockeyspiele, aber er meinte immer, im Sport liefe es bestens. Dann habe ich natürlich gedacht, dass er eine andere kennengelernt hat, und ich habe angefangen, ihm nachzuspionieren. Und dann habe ich die Nachrichten auf seinem Handy gefunden."

„Was für Nachrichten?", fragte Sonja.

„Solche Nachrichten wie ‚Sehen wir uns heute?' und ‚Ich vermisse dich'. Der Absender war immer nur ‚A' und hatte kein Profilbild. Weiter unten waren dann auch Marcels Nachrichten, er hat sogar ‚Ich liebe dich' geschrieben. Dann bin ich auf ein Selfie der beiden gestoßen."

„Haben Sie Marcel zur Rede gestellt?"

„Das war nicht nötig, er hat mich beim Spionieren erwischt. Er war in dem Moment im Pool, dann stand er plötzlich mit dem Handtuch um die Hüften in der Tür und sah mich an."

„Wie hat er reagiert? War er sauer?“

„Sauer ist gar kein Ausdruck, er war außer sich vor Wut, weil ich an sein Handy gegangen bin. Aber dann hat er sich beruhigt und mir alles erzählt.“

„Hat er Ihnen auch gesagt, wer ‚A‘ ist?“

Nathalie nickte. „Der Streit war furchtbar. Ich war so schrecklich verletzt und gedemütigt, ich fühlte mich wie eine Alibifrau, die er nur zum Vorzeigen hatte.“

„Was hat Marcel dazu gesagt?“, fragte Sonja. Sie versuchte, die Ausführungen von Nathalie sachlich aufzunehmen.

„Er hat gesagt, dass das nicht wahr sei. Dass er immer gern mit mir zusammen gewesen sei, aber dass er nicht der Typ für eine *heile Familie* sei. Ich habe ihn dann gefragt, ob er diesen Anton liebe. Und er sagte Ja. Er behauptete, mit Anton den Begriff Liebe überhaupt erst verstanden zu haben und dass er nur mit ihm zusammen sein wolle. Er wollte der Lügerei und Heimlichtuerei ein Ende setzen und mich verlassen. Außerdem wollte er, dass Philipp dann bei ihm aufwächst. Ich hätte ihn nur ab und zu sehen dürfen. Dann hat er das Gespräch einfach so abgebrochen, auf die Uhr gesehen und gesagt, er müsse los zum Training. Das Training war ihm wichtiger als die Aussprache mit mir.“

„Bei einer Scheidung hätten Sie nur eine monatliche Abfindung bekommen. Das haben Sie vor der Hochzeit unterschrieben", sagte Sonja, nachdem sie beide einen langen Moment geschwiegen hatten.

„Ich wusste ja nicht mal, was ich da unterschreibe. Ich wollte nur mit ihm zusammen sein", erklärte Nathalie und wieder kullerte eine Träne über ihre Wange.

„Dann sind Sie Marcel in die Eishalle gefolgt", sprach Sonja weiter. Nathalie sah sie einen Moment lang an. Sonja wusste, dass sie nun überlegte, ob sie lügen sollte, und kam ihr zuvor.

„Wir wissen, dass Sie das Haus verlassen haben. Die Alarmanlage hier ist mit einer Wachgesellschaft verbunden. Die registriert elektronisch, wenn die Anlage ein- oder ausgeschaltet wird. Und in der Nacht, als Marcel starb, wurde sie um halb zehn für zwei Stunden eingeschaltet", erklärte Sonja.

Nathalie blieb stumm und starrte Sonja an.

„Sind Sie Marcel in der Absicht gefolgt, ihn zu töten?", fragte Sonja dann direkt.

„Ich wollte nur mit ihm reden, sonst nichts. Es wäre doch der Wahnsinn, alles, was wir uns in diesen Jahren aufgebaut haben, einfach so wegzuwerfen."

Nathalie Wallner krallte ihre schmalen Finger in die Decke, als wollte sie sich daran festhalten. Sonja bemerkte, wie sie ein wenig in sich zusammensackte.

„Ich bin zur *Eiswelle* gefahren und habe draußen auf dem Parkplatz gewartet. Ich weiß nicht mal mehr, wie ich da hingekommen bin. Ich war wie in Trance.

Ich habe einfach dort gesessen und die Leute beobachtet, die dort ein und aus gegangen sind. Und dann bin ich ausgestiegen und in die Umkleide gegangen. Dort war Marcel, er war allein. Er war gerade dabei, sein Tape zu zerschneiden. Als er mich sah, legte er das Messer weg und starrte mich wie einen Alien an."

„Was ist dann passiert, Frau Wallner? Haben Sie versucht, mit ihm zu reden?", fragte Sonja.

„Natürlich! Ich habe versucht, ihn zur Vernunft zu bringen. Ich war sogar bereit, ihm seine Freiheiten zu lassen, wenn er nur mit mir zusammenbleibt. Dann hat er mir gesagt, dass er noch am gleichen Abend mit Anton nach Hause kommen will. Ich sollte irgendwo anders übernachten und am nächsten Tag meine Sachen holen."

„Er hat Sie also kurzerhand verlassen und rausgeschmissen?"

Nathalie nickte, ihr Kinn zitterte. Wieder liefen Tränen über ihre Wangen.

„Plötzlich stand ich mit dem Messer in der Hand da. Alles war voller Blut. Ich kann nicht fassen, dass ich …"

„Sie haben sein Handy und das Messer mitgenommen. Wo haben Sie die Sachen gelassen?", fragte Sonja nun.

„Ich weiß ja nicht mal, wie ich den Weg zurückgefahren bin. Als ich nach Hause gekommen bin, habe ich Philipp weinen hören. Er hatte einen Alptraum.

Ich habe mich zu ihm gelegt und gesagt, dass alles wieder gut wird."

„Und am nächsten Abend haben Sie versucht, Anton Hofer zu töten", fuhr Sonja fort.

„Ich wollte nicht, dass jemand die Wahrheit über Marcel erfährt. Wie hätte ich das meinem Sohn erklären sollen?"

Sonja stand schweigend auf. Ihr war kalt. Sie nahm kurz ihr Telefon heraus, versendete eine Nachricht und wartete, bis die Beamten kamen, die bereits vor der Tür warteten. Sie nahmen Nathalie Wallner fest, die sich wehrlos abführen ließ.

Fünfundzwanzig

Sonja befand sich gerade auf dem Heimweg zum Weingut, als Laura anrief. Sie freute sich, ihre fröhliche Stimme zu hören und ein wenig Ablenkung von den schlimmen Ereignissen des Tages zu bekommen.

„Mama, es ist so schön hier oben“, erzählte Laura begeistert. „Die bauen hier alle Eisacktaler Weinsorten an, oder zumindest sehr viele. Riesling, Kerner, Müller-Thurgau und den Blatterle, genau wie wir!“

„Gefällt dir denn die Arbeit? Oder bist du eher im Urlaub?“, fragte Sonja scherzhaft.

„Von wegen Urlaub, es ist Törggelezeit! Ich bin fix und fertig. Aber das macht nichts. Sie haben alles hier am Hof, sie machen auch das Fleisch und den Speck selbst, sie haben Schweine und Kühe und das ganze Gemüse im eigenen Garten. Du und Katharina, ihr solltet echt mal vorbeikommen. Habt ihr demnächst mal Zeit?“

„Bestimmt, mein Schatz, wir kommen gerne.“

„Ich möchte euch dann übrigens jemanden vorstellen“, sagte Laura nun vorsichtig.

Sonja bekam ein wenig Gänsehaut.

„So, wen denn?“

„Kannst du dich noch erinnern, was mir und Katharina auf dem Ritten passiert ist? Bei den Erdpyramiden?“

„Ja, ziemlich genau sogar“, meinte Sonja.

„Na ja, mir ist noch ein kleines Missgeschick passiert. Ich bin zu der Burgruine Stein gegangen und musste in der Dunkelheit gesucht werden. Und zufällig ist der Jakob der beste Freund von dem Bergretter, der mir bei den Erdpyramiden geholfen hat. Er heißt übrigens Rainer. Na ja … und er ist echt nett …“

„Dann solltest du ihn uns unbedingt vorstellen“, sagte Sonja und parkte ihren Wagen. Inzwischen war sie am Kreithof angekommen.

Als sie ausstieg, sah sie mehrere Gestalten in der Dunkelheit an dem kleinen Tisch im Garten sitzen. Nur das Handy leuchtete. Sie näherte sich vorsichtig.

„Überraschung!“, riefen sie zugleich und rannten auf Sonja zu. Es waren Katharina und Laura. Eine weitere Person kam langsam dazu, Sonja konnte sie nicht erkennen.

„Laura!“, rief Sonja mit Freudentränen in den Augen. „Ich dachte, du bist auf dem Ritten!“

„Am Wochenende arbeite ich nicht, aber am Montag geht es wieder los. Mama, darf ich dir meinen Lebensretter Rainer schon jetzt vorstellen?“

„Oh, wow, das freut mich“, sagte Sonja und streckte dem sympathischen Rittner die Hand entgegen. „Danke, dass Sie Laura geholfen haben.“

„Ja“, lachte Rainer, „ich glaube, in Sachen Wandern täte ihr ein Praktikum auch mal gut. Nein, Spaß beiseite, es freut mich sehr, Frau Schwarz.“

„Sag bitte Sonja zu mir. Gehen wir rein? Ich habe einen Riesenhunger.“

„Das Abendessen wartet schon“, sagte Katharina. „Gemüsestrudel. Dazu gibt es den Wein, den Laura uns mitgebracht hat.“

„Übrigens, Mama, wir sind eingeladen.“

„Ja, zum Törggelen, das hast du mir schon am Telefon gesagt.“

„Nicht nur. Rainer spielt bei den *Rittner Buam*. Das ist eine Eishockeymannschaft …“

„… in Klobenstein, ich weiß“, sagte Sonja und wusste nicht, ob sie genervt die Augen verdrehen oder lachen sollte. Eigentlich war ihr Eishockeybedarf bis auf Weiteres gedeckt.

„Wir könnten mit zum nächsten Spiel, mit VIP-Karten und allem Drum und Dran. Rainer würde uns sogar herumführen. Bitte, Mama, komm mit.“

Sechsundzwanzig

Ein goldgelbes Blatt flog tanzend vor Sonjas Gesicht nieder auf den Rasen. Sie lächelte und wurde sogleich ein wenig schwermütig. Sie mochte den Herbst mit seinen Farben, den besonderen Gerüchen und der kühler werdenden Luft so sehr. Gleichzeitig hatte sie das Gefühl, ihn über diesem komplizierten und traurigen Fall in diesem Jahr kein bisschen genossen zu haben. Vielleicht konnte sie ihn ja nun, da der November vor der Tür stand, noch ein wenig auskosten. Sonja sah auf die Uhr, es war halb drei Uhr nachmittags, um sechs Uhr erwarteten Laura und ihr neuer Freund Rainer sie bei der *Ritten Arena*. Gerade noch Zeit genug, um sich von Sophie und Anton Hofer zu verabschieden. Die beiden hatten sie gebeten, noch einmal kurz im Krankenhaus vorbeizuschauen.

Auf einer Bank im Krankenhauspark erkannte sie das Geschwisterpaar. Anton war im Rollstuhl, um seinen Kopf trug er einen weißen Verband. Sophie saß neben ihm und hielt seine Hand. Die junge Frau hatte sich innerhalb weniger Tage stark verändert. Sie trug Jeanshosen, eine schicke Lederjacke und eine große Sonnenbrille, die sie nun, da sie mit ihrem Bruder sprach, ins Haar gesteckt hatte. Ihre Augen leuchteten, so glücklich war sie. Auch ihre Haltung hatte sich verändert, sie strahlte Kraft und Selbstbewusstsein aus.

„Hallo, Frau Schwarz", sagte Sophie freundlich und stand auf, um Sonja die Hand zu geben. Sogar ihr Händedruck war fester geworden.

„Guten Tag! Schön, Sie beide hier draußen anzutreffen. Der Arzt sagt, es geht Ihnen besser?", wandte sie sich an Anton.

Er lächelte. „Ja, nur mit den High Heels wird's schwierig in den nächsten Monaten. Aber das hat Zeit. Sophie und ich beginnen jetzt ein neues Leben. Wir werden gemeinsam nach Florenz ziehen."

„Ja", sagte Sophie stolz, „sobald es Anton besser geht. Und bis dahin kann ich bei einer guten Freundin wohnen und mich um ihn kümmern. Und dann werden wir zusehen, dass er eine richtig steile Sängerkarriere hinlegt."

„Das klingt doch gut", antwortete Sonja und freute sich über den Entschluss der beiden, diesen Neuanfang gemeinsam zu wagen. „Wir haben Nathalie Wallner verhaftet. Sie hat ein volles Geständnis abgelegt."

„Was passiert mit Philipp?", fragte Anton, über dessen Gesicht sich nun wieder ein Schleier der Trauer gelegt hatte.

„Der bleibt bei Marcels Eltern."

„Warum hat Nathalie das getan?", wollte Anton wissen. Seine Stimme klang dabei nicht wütend – Sonja erkannte, dass er ihr Handeln einfach nur verstehen wollte, um nach dem Tod seiner großen Liebe Frieden finden zu können.

„Marcel hatte ihr alles gestanden. Er wollte sein Leben ändern und alles aufgeben. Das hat sie nicht ertragen. Sie hat das Wohl ihrer Familie vorangestellt. Und unter der Familie verstand sie nur sich, Marcel und Philipp."

„Marcel wollte seine Familie für mich aufgeben?", fragte Anton ungläubig. Seine Augen füllten sich mit Tränen.

Sonja nickte.

Sophie stand auf und setzte sich auf den Schoß ihres Bruders. Dann hielt sie ihn fest, während er leise weinte. Sonja konnte die Trauer des jungen Mannes, der seine Liebe verloren hatte, so heftig nachempfinden, dass auch sie spürte, wie die Tränen in ihr aufstiegen. Sie wusste sich nicht zu helfen, drückte nur kurz Antons Schulter und lief dann, so schnell sie nur konnte, aus dem Park hinaus und versteckte sich weinend im Auto. Bilder rasten durch ihren Kopf: Thomas, der bewusstlos neben ihr im Auto saß. Laura, die an seinem Totenbett weinte. Dann plötzlich sah sie Mike Gerber, der mit einer Waffe auf sie zielte und im nächsten Moment mit einer Kugel in der Brust in ihren Armen starb. Sie trauerte um die beiden Männer, die sie in ihrem Leben geliebt hatte, und schrie ungehemmt den Schmerz hinaus. Als sie sich wieder beruhigt hatte, fühlte sie sich gereinigt. Der Besuch bei Anton und Sophie hatte ihr gezeigt, wie kurz das Leben sein konnte und dass auch sie nach vorn schauen musste. „Lass die Vergangenheit endlich hinter dir", sagte sie leise zu sich selbst und startete den Wagen.

Siebenundzwanzig

Es dämmerte bereits, als Sonja an der *Ritten Arena* in der Nähe der Ortschaft Klobenstein parkte. Es war kurz vor achtzehn Uhr, sie war also ausnahmsweise einmal rechtzeitig zu ihrer Verabredung mit Laura und Katharina erschienen.

„Mama!", begrüßte Laura sie mit einer stürmischen Umarmung.

„Hey", sagte Sonja und drückte sie an sich. „Na, den letzten Praktikumstag gut überstanden?"

„Ja, sicher", sagte Laura. „Übrigens wurde ich dort jetzt fest angestellt. Ich fange übermorgen beim Rielingerhof an."

„Was?", rief Katharina erschrocken. „Das war aber nicht so ausgemacht!"

„Nur Spaß", lachte Laura. „Ich fahre heute mit euch heim. Aber in nächster Zeit muss ich trotzdem ab und zu mal auf den Ritten. Ihr wisst schon …"

„Nur ab und zu … und auch nur vielleicht", sagte Katharina mit gespielter Strenge.

In diesem Moment öffnete sich die Tür der Bar und Rainer winkte den drei Frauen zu, ihm zu folgen.

„Willkommen bei den *Rittner Buam*", sagte er fröhlich. „Ich muss mich jetzt aufwärmen, aber Doris wird euch ein bisschen herumführen. Und dann sehen wir uns beim Spiel. Ich habe euch übrigens ein sehr warmes, feines Plätzchen reserviert."

„Ach, ich dachte, wir sehen von der Tribüne aus zu?", fragte Laura.

„Nein, da gibt's noch was viel Besseres. Ihr werdet schon sehen."

Eine junge Frau begrüßte Rainer und stellte sich vor. „Ich bin Doris, hallo. Ihr seid also heute Abend die *VIPs*?"

„Ja, scheint so", meinte Sonja und schüttelte ihr die Hand. „Und ich dachte, wir sehen uns einfach nur das Spiel an."

„Ich habe dir doch gesagt, mit allem Drum und Dran", flüsterte Laura, während sie über die Metalltreppen in das Innere der Arena hinabstiegen und Doris bis zu einer Reihe von Türen folgten.

„Darf ich euch unseren Präsidenten vorstellen? Oh, ich sehe, er ist gerade am Telefon. Na ja, vielleicht ergibt sich ja nachher noch eine Gelegenheit."

Ein Mann trat aus dem kleinen Raum, er sah die Frauen freundlich lächelnd an.

„Unser Sportarzt", erklärte Doris und wechselte ein paar Worte mit ihm. „Er muss alles wieder in Ordnung bringen, was beim Hockey so kaputtgeht." Da hat er allerhand zu tun.

„Ein harter Sport für den Körper", bestätigte der Arzt. „Aber die Jungs sind ein Klasseteam und das ist alles, was zählt!"

Sie gingen weiter, immer wieder kamen ihnen Personen entgegen, in Sportanzügen, in schicken Outfits, in Arbeitskleidung. Sonja schien es, als habe sich der halbe Ritten hier oben versammelt. Und was ihr besonders auffiel: Alle gingen herzlich, kameradschaftlich und freundlich miteinander um, egal ob es sich um den Eismeister, die Barbetreiberin, die Reinigungsfrau, den Spitzensportler oder den Präsidenten des Clubs handelte. Sie mochte die Atmosphäre.

„Ok, meine Damen", kündigte Doris nun an, „Nase zuhalten. Wir kommen jetzt zu den Umkleidekabinen."

Sie öffnete die Umkleidekabinen der Sportler nur einen kleinen Spalt, sodass sie einen Blick hineinwerfen konnten, ohne die Mannschaft zu stören. Sofort hielten sie die Luft an, so stark war der Schweißgeruch, der aus dem Raum drang.

„Riecht sportlich", kommentierte Katharina und trat zurück, als einer der Spieler an ihr vorbeiwollte.

„Ja, das gehört einfach dazu. Aber keine Sorge, sie duschen alle brav nach dem Spiel", lachte Doris.

„Wenn ihr wollt, können wir kurz vor dem Spiel nochmal hierherkommen und ein Foto mit ihnen machen, bevor sie aufs Eis stürmen. Jetzt zeige ich euch euer Plätzchen. Hier entlang bitte."

*

Laura zuckte heftig zusammen, als der Puck gegen das Plexiglas der Kabine neben der Eisfläche schlug. Das Spiel zwischen den *Rittner Buam* und der Mannschaft aus Salzburg gewann bereits in den ersten Minuten an Fahrt. Sie schaffte es kaum, den Bewegungen der Spieler zu folgen: Kaum waren sie auf der rechten Seite des Eisfeldes, kam auch schon einer aus der gegnerischen Mannschaft dazwischen, schnappte sich den winzigen Puck und schoss ihn mit dem Schläger in die andere Richtung. Immer wieder kam einer der vier Schiedsrichter an der Kabine vorbei, um den Spielschreibern die Nummern der Spieler durchzugeben, die gemeinsam ein Tor zustande gebracht hatten.

Beeindruckt verfolgte Laura, wie die Spieler in ihren riesigen Schutzpanzern federleicht über das Eis flogen. Während sie um den Puck rangelten, schlitterten sie einfach weiter, vorwärts, rückwärts, Pirouetten drehend, manche sogar springend. Sie lachte kurz auf, als sie erkannte, dass ein Spieler der gegnerischen Mannschaft einfach zwischen den Beinen eines anderen hindurchgeglitten war.

Der Sprecher gab den Spielstand in beiden Landessprachen durch; zwischendurch witzelte er ein wenig mit Katharina, die ihm leicht errötet antwortete. Laura schmunzelte – ihre Oma war bei den Männern schon immer sehr beliebt gewesen. Kurz musste sie an ihre Erzählungen von ihrer Sommerliebe in Lengstein denken.

Ein heftiger Knall riss sie aus den Gedanken. Ein Spieler war mit voller Wucht gegen die Bande gekracht. Sofort stoppten alle, mehrere Spieler aus beiden Mannschaften halfen dem Mann auf und begleiteten ihn vorsichtig über das Spielfeld, wo der Trainer und der Sportarzt ihn übernahmen.

„Der Arme“, sagte Laura mitfühlend. „Er hat bestimmt eine Gehirnerschütterung.“

„Ja“, sagte Sonja und runzelte die Stirn. Dann lächelte sie Laura an und strich ihr über die Wange. „Aber er hat eine gute Mannschaft.“

Achtundzwanzig

Der Zug, der in Bozen einfuhr, war bis auf den letzten Platz besetzt. Anton hievte seinen Trolley von der Ablage und sah sich fürsorglich nach dem kleinen Kind um, das auf dem gegenüberliegenden Platz mit seinem Teddybären spielte. Kurz blickte es mit leuchtenden Augen zu ihm auf. Sophie hatte ihren pelzbesetzten Wintermantel bereits angezogen. Sie sah darin aus wie eine Frau von Welt, dachte Anton und schenkte ihr ein Lächeln. Er war so stolz auf seine kleine Schwester, die nun nicht nur studierte, sondern nebenbei auch in einem modernen Möbelhaus arbeitete. Auch er selbst hatte sich wieder gefangen und sich in mehreren Bars in der Florenzer Innenstadt erfolgreich als Sängerin beworben. Nun sang er abwechselnd zu beiden Seiten des Ponte Vecchio und rührte nahezu jeden Abend sein warmherziges Publikum mit französischen Chansons aus den Zwanzigerjahren des letzten Jahrhunderts. Marcels Tod tat ihm noch immer sehr weh, doch mit der Zeit war der Schmerz dumpfer und erträglicher geworden.

„Giulia hat gerade eben geschrieben", rief Anton seiner Schwester zu, „sie ist noch in der Bar. Wir sollen direkt zu ihr kommen, sie hat uns das letzte Zimmer gebucht."

„Giulia ist wirklich ein Schatz. Ich bin so froh, dass ihr Frieden geschlossen habt. Ohne sie hätten wir bestimmt kein Zimmer mehr bekommen", entgegnete Sophie und zog ihren schweren Koffer zwischen den zahllosen Touristen über das Gleis eins des Bozner Bahnhofs. Die ganze Welt schien an diesem dreiundzwanzigsten Dezember noch auf den Christkindlmarkt gehen zu wollen: Italiener aus dem Süden, Österreicher und Deutsche und auch Schweizer waren angereist. Sogar französische Worte waren im Stimmengewirr zu vernehmen.

*

Gemeinsam betraten die Geschwister das Bahnhofsgebäude, das nur wenige Hundert Meter von der Innenstadt und dem Hotel *Luna* entfernt lag. Selbst hier drin glitzerte es, die Luft war frostig und glühweinschwanger. Ein paar Jugendliche grölten und lachten, vermutlich hatten sie ein paar Gläser zu viel getrunken. Ein Zugschaffner wurde angerempelt, er beschwerte sich lautstark auf Italienisch.

Eine ältere Frau erkannte mitten im Gedränge eine Person, die sie überschwänglich in die Arme schloss. Wie lange hatten sich die beiden wohl nicht gesehen? Ein Kind stand verloren in dem Gedränge und rief verzweifelt nach seiner Mutter. Eine junge Frau drehte sich um, nahm es auf den Arm und eilte mit ihm in Richtung der Bahnsteige davon.

„Ich bin dieses Chaos hier einfach nicht mehr gewöhnt", sagte Sophie. „Lass uns den Nebenausgang nehmen. Da kommen wir sicher besser durch."

Anton folgte ihr. Sophie ging die wenigen Treppenstufen hinunter und blieb vor der Ampel stehen, die gerade Rot zeigte.

„Haben Sie vielleicht einen Euro?", fragte plötzlich eine männliche Stimme leise hinter ihr.

Sophie drehte sich um. Ein dunkel gekleideter Obdachloser saß dort, er kauerte auf der untersten Stufe. Er hatte einige Plastiktaschen dabei, vermutlich hatte er darin sein ganzes Hab und Gut untergebracht. Seine Kleidung war kaputt, über seinen Schultern lagen einige Fetzten, die vielleicht einmal eine Wolldecke gewesen waren. Sophie kramte in ihrer Tasche.

„Weil Weihnachten ist", sagte sie und nahm einen Euro aus ihrer Manteltasche.

„Danke", sagte der Mann und blickte weiter zu Boden.

Sophie beugte sich zu ihm hinunter. Plötzlich erstarrte sie.

„Martin. Du bist doch Martin!", rief sie entsetzt. Der Mann blickte auf. „Anton!", schrie sie. „Komm her. Hilf mir!"

„Nein, lasst mich in Frieden. Ich brauche nichts. Alles gut. Ich will mir nur was zu essen kaufen."

Sophie nahm dem obdachlosen, völlig verwahrlosten Mann behutsam seine Mütze vom Kopf und kniete sich vor ihn.

„Erkennst du uns denn gar nicht?", fragte sie ihn unter Tränen. „Wir sind es doch. Anton und Sophie. Los, Martin, steh auf. Wir bringen dich ins Warme. Oh Gott, du stinkst vielleicht. Du musst was essen und dich aufwärmen. Hier stirbst du noch vor Kälte."

Anton starrte seinen Bruder an. Er glaubte seinen Augen nicht: Von dem ehemaligen Hotelmanager war nur mehr ein erfrierendes Häufchen Elend übrig. Er reichte ihm die Hand und half ihm, sich langsam zu erheben.

„Ich sage Giulia Bescheid. Er braucht ein Zimmer mit Bad. Und sehr viel heiße Suppe. Klingt das gut, Martin?"

Martin zitterte, als sie ihm aufhalfen. Er konnte sich kaum auf den Beinen halten, als sie ihn mit vereinten Kräften zum Hotel *Luna* schleppten.

„Wir werden schon etwas für dich finden, Martin, mach dir keine Sorgen. Jetzt stellen wir dich erstmal wieder her und dann finden wir eine Arbeit und eine Wohnung für dich."

„Ich habe eure Hilfe nicht verdient", sagte er resigniert. „Ich war ja auch nicht für euch da, als ihr es am meisten gebraucht habt."

„Martin, das ist jetzt völlig unwichtig", erwiderte Anton sanft und öffnete die Tür zum Hintereingang der Bar, den er zu den Zeiten als Sängerin immer benutzt hatte. „Wir sind JETZT füreinander da. Nur das zählt."

Ende

Danksagung

Es begab sich im Jahre 2021, als meine Zusammenarbeit mit Edition Raetia begann. Zunächst ging es darum, „Die Taten der Opfer“, den ersten Krimi um das Ermittlerduo Magnabosco und Pasqualina, zu Ende zu schreiben und dann zu veröffentlichen. Plötzlich erreichte mich eine E-Mail meines Projektleiters Felix Obermair mit unverhofftem Inhalt: „Hätten Sie Lust, die kommenden Drehbücher der bekannten TV-Reihe ‚Der Bozen-Krimi‘ in Romane zu verwandeln?“ Ich prüfte noch einmal das Datum, nein, wir hatten noch März, es war also kein Aprilscherz. Ich rief: „Jaaaaa!“ Ich schrieb: „Ja, ich will.“

Es folgten schreibintensive Jahre. Nicht nur der eigene Krimi sollte fertig werden, sondern auch drei Folgen der Bozen-Krimis, die 2022 und 2023 in der ARD ausgestrahlt werden würden. Die Arbeit bestand darin, aus den bereits vorliegenden Drehbüchern Romane zu schreiben, mich in die Darstellerinnen und Darsteller der Fernsehserie hineinzuversetzen, mir die Schauplätze anzusehen und viel Südtiroler Flair in die Handlung zu bringen. Die dazugehörige Recherche und die Bekanntschaften, die ich in dieser Zeit mit vielen interessanten Personen schließen durfte, verwandelten diesen Arbeitsberg in ein dynamisches, interessantes und bereicherndes Projekt. Gemeinsam mit Lektorin Katharina Preindl und Korrektorin Trudi Matzneller wurde auch das Manuskript des vorliegenden Bozen-Krimis „Familienehre“ auf Herz und Nieren geprüft, das wunderschöne Coverfoto hat Manni Kostner geschossen.

„Familienehre“ entstand natürlich nicht nur im Schreibkämmerlein bei Kerzenschein und Motivationsmusik. Als ich die ersten Sätze des Drehbuchs las, wurde mir ein wenig mulmig: Eishockey! Ja, Bozen und Ritten sind Eishockey-Hochburgen, doch gerade mit dieser Sportart kannte ich mich so gar nicht aus. Umso glücklicher schätzte ich mich, als der Kontakt zu Doris Lintner, Managing Director der Ritten Sport Hockey AS GmbH (auch bekannt als die „Rittner Buam“), hergestellt war und sie mich einen Abend lang in die Welt des Eishockeys entführte – von der Umkleidekabine bis hin zum aufregenden Match gegen Salzburg.

Der Bozner Hausberg Ritten bot mir neben dem Crashkurs in Eishockeykunde weitere wunderschöne Orte, die ich in den Bozen-Krimi einbauen konnte: Hier spreche ich Matthias, dem Wirt vom Rielingerhof in Siffian, ein großes Dankeschön aus. Auch wenn es im Herbst schon recht frisch war, habe ich die Schreibstunden mitten im Hof bei heißem Tee und frischen Kastanien (Keschtn) sehr genossen. Die Parallelstory mit Sonja Schwarz' Stieftochter Laura ist dank der Aussicht auf die umgebenden Weinberge und die nahe Burgruine Stein entstanden.

Mein Dank gilt ebenso dem Hotel Ansitz Kematen bei Klobenstein, das mich mit seinem ländlich-traditionellen Flair auf über 1.200 Metern für die Szenen, die im „Hotel Hofer" spielten, tief inspiriert hat.

Was wäre der Bozen-Krimi „Familienehre", in dem die Bar Luna der Lebensmittelpunkt des Protagonisten ist, ohne einen Besuch im wahren Parkhotel Mondschein/Luna in Bozen gewesen? Vermutlich unschreibbar. Ich bedanke mich an dieser Stelle beim gesamten Team dieser Oase mitten in der Bozner Innenstadt für seine großzügige Unterstützung!

Liebe Familie, liebe Freundinnen und Freunde, liebe Leserinnen und Leser. Was wäre ich als Autorin ohne euch, ohne eure Unterstützung, ohne eure Geduld, ohne euer Lob, ohne eure Kritiken? Danke, dass ihr für mich da seid, bei Lesungen im Publikum sitzt und seit einem ganzen Jahrzehnt diesen kriminell-literarischen Weg mit mir geht!

In diesem Sinne wünsche ich euch spannende und gute Lesestunden und freue mich schon jetzt darauf, euch bald den nächsten Krimi aus Südtirol präsentieren zu dürfen.

Es grüßt euch herzlichst

Eure Simone Dark

Corrado Falcone
Der Bozen-Krimi:
Am Abgrund
ISBN: 978-88-7283-597-5
ISBN E-Book: 978-88-7283-624-8
432 Seiten
Euro 9,90

Simone Dark
Der Bozen-Krimi:
Vergeltung
ISBN: 978-88-7283-809-9
ISBN E-Book: 978-88-7283-844-0
176 Seiten
Euro 12,90

SIMONE DARK
Von der Autorin der Erfolgsreihe Der Bozen-Krimi
EIN KRIMI AUS SÜDTIROL
DIE TATEN DER OPFER
RÆTIA

Simone Dark
Der König von Tiers
Der zweite Fall für Magnabosco und Pasqualina
ISBN: 978-88-7283-854-9
ISBN E-Book: 978-88-7283-855-6
184 Seiten
Euro 12,90 [I]; 14,90 [D/A]